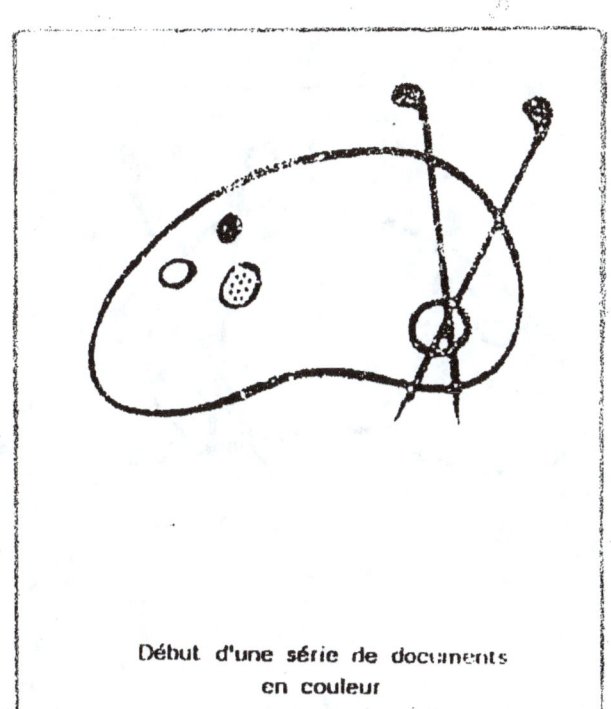

Début d'une série de documents
en couleur

COUVERTURES SUPERIEURE ET INFERIEURE D'IMPRIMEUR.

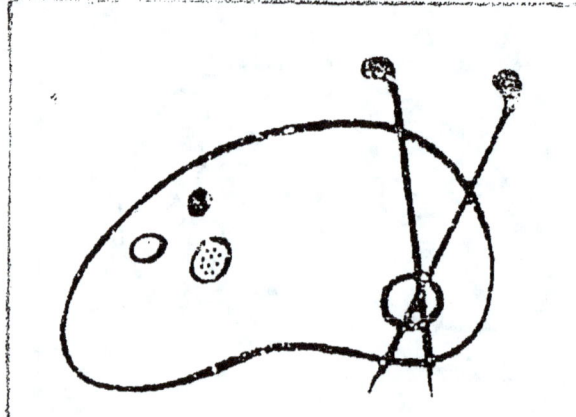

Fin d'une série de documents
en couleur

BIBLIOTHÈQUE

INSTRUCTIVE

—

GRAND IN-8° — 2ᵐᵉ SÉRIE.

NADIR

L'INDIEN

ÉPISODE

DE LA

RÉVOLTE DES CIPAYES EN 1857

Par Michel AUVRAY.

LIMOGES

F. F. ARDANT FRÈRES,

7, Avenue du Midi.

PARIS

F. F. ARDANT FRÈRES,

4, quai du Marché-Neuf.

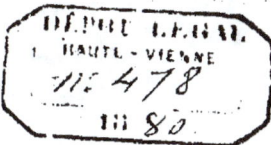

INTRODUCTION.

L'Inde , contrée mystérieuse , immense , fertile , remplie de trésors et de cités magnifiques,
a, de tous temps, excité la convoitise des con-
quérants. C'est le fleuve Indus qui indique la
limite des conquêtes d'Alexandre en 1515. Baber,
descendant de Tamerlan, fonda , aux Indes ,
l'empire des Grands-Mogols. Les relations des
voyageurs européens du xviiᵉ siècle, sont rem-
plies de détails qui paraissent presque fabuleux
sur la magnificence de la cour de ces princes.
Le Schah de Perse, Nadir, traversa à son tour,
le Gange en vainqueur, et détruisit l'empire des
Mogols.

Le souvenir des cruautés de Nadir Schah ne s'effacera point de l'esprit des Indous. Les générations qui se succèdent se racontent, les unes aux autres, comment l'armée des Perses traversa la presqu'île, semblable à un torrent dévastateur, qui répand partout la ruine et la mort. Devant elle tombaient les palais et les mosquées, les statues des dieux, et les monuments élevés en l'honneur des souverains. Les trésors de Brahmas, de Vichnou et de Siva, les trois principaux dieux de la mythologie Indoue, allaient grossir l'épargne du Schah, tandis que ses soldats avides se partageaient les diamants de Golconde et les perles de Ceylan.

Il serait trop long d'énumérer les richesses de l'Indoustan. On y trouve des mines de diamants, de rubis, d'émeraudes, de saphirs, de turquoises, d'opales et d'améthystes. Les montagnes abondent en nitre, alun, sel, mercure, cuivre, plomb, argent, jaspe et tourmaline. Les productions de la terre sont extrêmement variées. Il faut citer, au hasard, le riz, l'indigo, le poivre, le gingembre, le cotonnier, le sorgho, la canne à sucre. On y rencontre une foule d'arbres et de végétaux remarquables : le cocotier et la plupart des autres palmiers, le bambou, le rotin, le tamarinier, le figuier des banians et celui des pagodes.

Les toiles de coton et de mousseline, les shales appelés cachemires, les étoffes de soie sont exportés de l'Inde dans presque toutes les

contrées du monde. L'Indoustan se divise naturellement en trois parties : l'Indoustan propre-
ment dit , le Deccan et la presqu'île en deçà du
Gange. Des villes autrefois splendides, et très
remarquables encore , s'élèvent dans toutes les
parties de ce vaste pays. C'est là qu'on trouve
Calcutta, auprès de laquelle Londres ressem-
blerait à un bourg de province ; Agra et Delhi,
anciennes capitales de l'empire Mogol ; Bénarès,
toute remplie de temples, de pénitents , de sin-
ges et de taureaux consacrés aux dieux ; Golconde, la ville des diamants ; Ilydérabad , celle
des tombeaux, où les morts occupent autant de
place que les vivants , et où les cimetières res-
semblent à des lieux de promenade , embellis
par les monuments les plus luxueux

Le culte du plus grand nombre des Indous
est le brahmisme. Il divise la population en
quatre castes : les brahmines , ou prêtres de
Brahma ; les kchettyas ou militaires, les vaisyas
ou banians qui sont les commerçants , et les
sudras ou travailleurs. Les brahmines ont acquis
et conservé la domination sur les autres classes.
Les castes se subdivisent à l'infini, et nul ne peut
sortir de celle où il est né. Les parias ne forment
pas une caste ; ils sont hors de toute caste,
c'est un grand malheur pour un Indou , que
d'être relégué au nombre des parias.

Les mœurs des Indous n'ont pas changé depuis les temps les plus antiques. Arien, historien d'Alexandre , les dépeint tels qu'ils sont

aujourd'hui, il parle même de cette coutume que les veuves avaient déjà de se brûler sur le corps de leurs maris.

C'est dans la ville favorite des Grands–Mogols, à Delhi, sur le fleuve Djemna, que le Schah Nadir commit les plus grandes cruautés.

Delhi, vénérée par les Indous, non seulement comme la capitale de leurs empereurs, mais aussi comme le séjour préféré de leurs idoles, renfermait en ses murs des richesses inouïes, presque fabuleuses. La principale rue de Delhi moderne s'appelle encore la *rue d'Argent*. Où peut conduire une rue d'argent, si ce n'est à un temple d'or? Le temple existait, il a été détruit, mais les dômes dorés sont encore debout.

Nadir–Schah, son épée nue à la main, monta sur le toit scintillant de cette mosquée d'or, et y demeura aussi longtemps que ses soldats égorgèrent les habitants. Le massacre ne devait point cesser, tant que Nadir ne mettrait pas son épée dans le fourreau.

La ville moderne n'est qu'un pâle reflet de la cité ancienne. Néanmoins vue de haut et dans son ensemble, elle a encore un aspect féerique.

L'Européen, qui se trouverait inopinément transporté au sommet de ces tourelles légères, qu'on appelle minarets, demeurerait ébloui, en se demandant s'il rêve, où s'il a été conduit dans un monde nouveau et inconnu. A ses pieds, dans un fouillis gracieux et splendide, il verrait se presser les bosquets de palmiers, les jardins remplis de fleurs étrangères, les statues monstrueuses de dieux à six bras et d'animaux mythologiques, les palais, les monuments, les arcs gothiques, les mosquées, tous ces édifices, tellement ornés de sculptures, d'attributs allégoriques, de figurines taillées dans la marbre, de chaînes légères évidées dans la pierre lourde, qu'on croirait que la ville est enveloppée d'un voile de dentelle merveilleusement travaillée. Delhi fut un des principaux théâtres de la révolte contre les anglais en 1857.

On sait comment l'Angleterre conquit l'Indoustan. Après que Nadir-Schah fut retourné en Perse, les gouvernements des provinces se rendirent indépendants et se firent la guerre entre eux.

Les Français et les Anglais profitèrent de ces dissensions pour essayer de s'emparer de cette Inde si riche et si fertile, et les Anglais, étant parvenus à supplanter leurs rivaux, devinrent les maîtres, et sont encore les possesseurs de l'empire des Grands-Mogols. Le successeur de Baber et d'Aureng-Yeyb fut réduit à vivre d'une pension que lui fit la compagnie Anglaise.

Les Indous n'ont jamais été complètement soumis. Ils subissent avec impatience le joug des Anglais, et saisissent toutes les occasions pour tenter de le secouer. Un motif religieux fut le prétexte de cette formidable révolte dont, les premiers symptômes éclatèrent à Lucknow capitale du royaume d'Oude.

Les brahmines et les fakirs, ou sacrificateurs des idoles, excitaient le peuple à détruire les Anglais, qui, disaient-ils, voulaient renverser les autels de Brahma. Cette idée s'enracina dans les esprits. Les régiments composés de soldats indigènes, se soulevèrent en grande partie. Ces soldats indigènes, appelés cipayes, massacrèrent leurs officiers, incendièrent les villages et commirent une foule d'atrocités.

Au mois de mars 1857, les insurgés se rendirent maîtres de Delhi, rétablirent le trône des Mogols, pillèrent la ville, et égorgèrent un nombre considérable d'Européens. Le gouverneur des Indes se hâta d'envoyer des troupes au secours de la malheureuse cité; mais le nouvel empereur Mogol et ses sujets avaient eu le temps de se préparer à soutenir un siége, et, durant plusieurs mois, les Anglais campèrent autour de la ville assiégée sans parvenir à s'en emparer.

II

AGRA.

Parmi les braves officiers qui assiégeaient Delhi, se trouvait un capitaine nommé Prichard Meltham. Il était en garnison à Agra, lorsque son régiment reçut l'ordre de se rendre à Delhi. M. Meltham fut obligé de partir précipitamment, en abandonnant sa femme et sa fille unique, dans une ville qui ne jouissait que d'une tranquillité fort problématique.

Agra n'est pas très éloignée de Delhi, et se trouve située comme elle, sur le fleuve Djemna. C'est en 1566 que l'empereur Akbar jeta les bases d'Agra, dont il fit le siége de son empire.

Il appella, dans sa nouvelle capitale, les artistes les plus célèbres et les architectes les plus habiles. Rien ne fut épargné à l'embellissement de la ville, et le palais impérial, à la construction duquel plus de mille ouvriers furent occupés, pendant douze ans, coûta, dit-on, trois millions de roupies.

Ce palais construit en forme de croissant, sur les bords de la Djemna, avait un mille d'étendue. Il s'y trouvait trois cours ornées de portiques, de galeries et de tours splendides. Ici encore, l'or jouait un grand rôle. On assure que des lames d'or recouvraient les tourelles.

Derrière le palais, s'étendaient d'immenses jardins remplis des plus merveilleuses productions de l'Inde. Enfin, vers la rivière, un cirque destiné aux exercices des éléphants et aux combats de nos animaux féroces, donnait à la demeure d'Akbar une sorte d'analogie avec les résidences impériales de Rome encore païenne.

Les principaux personnages de l'empire crurent devoir suivre l'exemple que leur donnait le souverain, et les habitations les plus magnifiques s'élevèrent, comme par enchantement, sur les rives de la Djemna.

Après la mort d'Akbar, Agra déchut peu à peu de sa grandeur, surtout sous le règne de Schah-Jeban, qui, désirant fonder aussi une capitale, transporta le siége de son empire à

Delhi. Ce prince n'abandonna pourtant point tout-à-fait Agra , et il la dota de ce monument admirable, au sujet duquel un historien, a dit : « Il ne manque à ce chef-d'œuvre qu'un bocal de verre assez étendu pour le couvrir et le protéger. »

Ce monument sans égal, est un édifice, parfaitement conservé , qui sert de mausolée à Nour-Jehan , épouse de Schah-Jehan , qui fut lui-même inhumé dans ce lieu.

C'est dans cette ville , grande, riche , et remplie de souvenirs d'une civilisation disparue , que le capitaine Richard Meltham habitait avec sa femme et sa fille Mary, enfant de deux ans, lorsque la révolte des cipayes obligea la compagnie anglaise à mettre ses troupes sur le pied de guerre.

Quelques officiers du régiment de M. Meltham emmenèrent leurs femmes au camp devant Delhi ; mais lui ne put se résoudre à exposer sa chère petite Mary, aux dangers et aux privations, qui l'attendaient auprès de la ville assiégée. Sans doute, il y avait, dans les environs de Delhi , des maisons de campagne où les femmes des officiers se logèrent commodément ; mais elles n'y étaient point en sûreté, et M. Meltham préféra se séparer de sa famille, plutôt que d'avoir à trembler sur son sort.

Après le départ de son mari, Madame Meltham se réfugia avec sa fille , dans un couvent.

où plusieurs dames anglaises catholiques avaient aussi cherché un refuge. Une femme en ces temps de troubles, ne pouvait demeurer seule en son logis, au milieu de domestiques indigènes. Elle congédia ses serviteurs et confia la garde de sa maison à la nourrice de sa fille. Cette femme, quoique Indoustane, était d'une fidélité à toute épreuve, et son mari était le eul domestique que M. Meltham eut emmené au camp. Dans une chasse au tigre, le capitaine avait sauvé la vie à cet homme, et les Indous reçoivent trop rarement de semblables services de la part de leurs supérieurs, pour en perdre le souvenir. Aussi Nadir et sa femme, la nourrice de Niza, étaient tous dévoués à la famille Meltham, et prêts à lui sacrifier leurs intérêts les plus chers.

Avant de partir, M. Meltham avait fait promettre à sa femme, qu'elle quitterait Agra, au premier symptôme de révolte, et qu'elle emmènerait sa fille chez leur oncle, le major Ward, ancien militaire, qui habitait Bénarès. Le couvent, dans lequel Madame Meltham avait trouvé un refuge, était une maison d'éducation destinée, non point aux héritières des nababs et des officiers supérieurs, mais aux jeunes filles de condition plus modeste. Les petites Indoustanes même y étaient admises aux heures des classes. Aussi les religieuses, vénérées par la population indigène, croyaient n'avoir rien à redouter, et c'est le motif qui conduisit Madame

Meltham et bien d'autres Européens dans cette pieuse maison.

La petite Mary Meltham avait alors trois ans à peine, si elle ne fut point admise à partager les études des pensionnaires, il lui fut permis de prendre part à leurs jeux ; tantôt on la voyait au milieu des élèves, tantôt dans la partie de la communauté réservée aux dames étrangères. La principale occupation de ces ladies était de confectionner du linge pour les blessés. Matin et soir, elles se réunissaient dans le jardin, à l'ombre des tulipiers, et durant les heures brûlantes, elles se réfugiaient dans les salles fraîches et aérées, qu'on avait mises à leur disposition.

Un soir, elles étaient ainsi occupées, lorsque les élèves, quittant les salles d'études, descendirent au jardin, y prendre leur dernière récréation de la journée. Les plus jeunes enfants marchaient en tête ; et parmi elles, on voyait Mary Meltham, glisser légère comme un petit oiseau, sur les degrés moussus du perron.

Elle était vêtue de blanc, avec une large ceinture bleue ; ses cheveux noirs, flottants et soulevés, encadraient, de leurs boucles soyeuses, sa figure charmante, mais fortement brunie par le soleil des tropiques.

— Voilà Mary, voilà ma fille, s'écria Madame Meltham avec une fierté toute maternelle.

— Qu'elle est gracieuse! C'est un bengali qui marche! repartit une dame frappée de la gentillesse de l'enfant.

— C'est un petit ange de douceur et de soumission, fit observer une troisième interlocutrice. Vous êtes une heureuse mère, Madame Meltham; vous n'avez pas d'autres enfants!

— Non, dit-elle, Mary est ma fille unique. — C'est une petite Indoustane, ajouta-t-elle en souriant. Elle est née en ce pays, et ne l'a jamais quitté. Elle parle l'Indoustani presque aussi bien que l'anglais.

Elle fut interrompue par miss Mary elle-même, qui vint l'embrasser avec tendresse.

— Maman, bonsoir, maman, lui dit-elle. je ne vous quitterai plus d'aujourd'hui. Je suis fatiguée de jouer. Je vais me mettre ici, à vos pieds, sur le gazon. Donnez-moi des bandelettes de toile, maman, et je ferai de la charpie pour les soldats de mon père.

Il y avait un quart d'heure à peu près, que Marie faisait de la charpie, avec autant de zèle et d'assiduité qu'on en pouvait attendre d'un enfant de cet âge, lorsqu'une femme Indoue entra dans le jardin, accompagnée d'une petite fille de trois à quatre ans. Toutes deux étaient vêtues de pagnes de coton, et la fillette avait des bracelets d'argent au-dessus du coude, et une ceinture à large boucle de même métal. Elle était fort jolie, avec ses sourcils minces, ses yeux très noirs, et son teint orangé ou plutôt doré par le soleil. En guise de poupée, elle portait, sous le bras, une petite statuette en bois représentant quelque divinité de la religion Indoue.

Mary les aperçut la première et se leva toute joyeuse.

—Maman, cria-t-il, voici Niza ma nourrice et ma sœur de lait. Madame Meltham fit un geste de surprise, et s'avança à la rencontre de Niza, sans dissimuler l'inquiétude qui venait de s'emparer d'elle. Il avait été convenu, avec la nourrice, que celle-ci n'entrerait au couvent que dans les grandes circonstances, et lorsque des événements importants se produiraient.

— Eh bien! Niza, point de mauvaises nouvelles, j'espère? dit Madame Meltham avec un sourire un peu forcé.

L'Indoue secoua la tête, mais elle ne répondit pas autrement, car Mary venait de se jeter dans ses bras.

— Vous avez grandi, miss Mary, dit cette femme d'un air d'admiration, vous voici devenue une belle et raisonnable petite fille, et votre papa serait bien heureux, s'il savait à quoi vous vous occupez en ce moment.

— Il faudra bien qu'il le sache, nourrice, répliqua Mary. Maman ne manquera pas de le lui écrire, quand nous lui enverrons une grande caisse de linge et de charpie pour les blessés.

2

Là-dessus, elle se dégagea des bras de Niza, prit la petite Indoue par la main, et la conduisit au milieu des pensionnaires.

— Madame Meltham, il faut quitter la ville, il faut fuir. Il est plus que temps. On assure qu'un complot doit éclater ce soir. Les conjurés parlent de mettre tout à feu et à sang. Il serait de la dernière imprudence de passer la nuit dans cette maison. On la pillera une des premières. On croit qu'elle contient beaucoup d'or et des objets précieux. Je n'ai pu venir plus tôt vous avertir. On me surveille, je ne retournerai point au logis. J'ai déposé dans une maison du faubourg tout ce que j'ai cru pouvoir sauver, en fait de linge et de vêtements. J'ai confié vos meubles à une voisine. Je fuirai avec vous. Rien ne me retient à Agra.

— Mais où aller? demanda Madame Meltham avec angoisse.

— Hélas! Madame, nous n'avons pas le choix. Vous savez ce que le capitaine vous a prié de faire, si quelques symptômes de révolte éclataient à Agra.

— Fuir à Bénarès, chez mon oncle.... mais c'est m'éloigner de Delhi, et mettre cent mille révoltés entre mon mari et moi, reprit Madame Meltham.

— C'est vous conformer aux désirs du capitaine et sauver votre fille, répliqua doucement Niza.

Pendant ce temps, Mary présentait la petite Indoue aux pensionnaires.

— C'est ma sœur de lait Cialy, leur dit-elle d'un ton protecteur. Elle parle anglais un peu. Vous pouvez jouer avec elle, mais il ne faut pas la contrarier.

Cialy était plus grande et plus forte que Mary. Dans ce brûlant pays de l'Inde, où une jeune fille de douze ans ne grandit plus, et va bientôt commencer à vieillir, une fillette de trois ans n'est plus un baby sans intelligence, mais un enfant très capable de comprendre ce qu'on lui dit.

Silencieuse et calme, l'Indoue se laissait accabler de questions, et sans sourciller elle promenait ses grands yeux sombres au travers des groupes de jeunes filles.

— Cialy, lui disait-on, veux-tu ce ruban pour attacher ton pagne?

— Cialy, ton collier est-il vraiment de l'ambre?

— Cialy, laisse moi voir cette figurine que tu portes au cou.

— Cialy, qu'est-ce que ce polichinelle que tu tiens sous le bras?

Ici la petite Indoue roula ses yeux d'un air scandalisé. Elevant la statuette, comme pour l'éloigner des mains étendues qui voulaient la saisir, elle dit à voix basse et d'un ton de profond respect.

— C'est Ravani.

— Vrai? fais voir. Oh! l'affreux pantin!

— Ravani n'est point un pantin, mais une déesse. C'est l'épouse du dieu Siva, repartit une des jeunes filles.

— Ah! c'est une déesse. Donne encore que je la voie mieux. Elle a un air terrible. Elle est méchante; n'est-ce point, Cialy?

— Non, bonne, bien bonne, répliqua Cialy du même ton respectueux.

— Elle est bonne? Eh bien! je gage que vous avez d'autres déesses qui sont méchantes?

— Ah oui... Dourga, déesse de la mort. Elle tient un cimetière; mais Ravani n'a que des fleurs dans sa main.

III

LA FUITE.

Cependant Madame Meltham était allée rejoindre les religieuses, pour leur faire part des
nouvelles inquiétantes apportées par Niza. Elles
s'accordaient bien avec d'autres avis, qui, ce
jour même étaient parvenus au couvent. Toute
la communauté, plongée dans une anxiété profonde, hésitait pourtant encore à prendre la
fuite, lorsque, disent les journaux de l'époque,
des Indous, reconnaissants des soins que ces
religieuses donnaient à leurs enfants, vinrent les
avertir secrètement de s'en aller au plus vite de

la ville, avec leurs élèves, parce que les conjurés avaient résolu de massacrer, le lendemain, tous les Européens.

Il n'était plus possible d'hésiter et de garder le silence vis-à-vis des pensionnaires. Il fallut leur apprendre toute la vérité. Les petites filles montrèrent un grand courage, ou plutôt une grande excitation. Cette fuite mystérieuse, ce changement de lieu, ce voyage, lointain peut-être, frappaient bien plus leur curiosité, que le danger, dont elles ne soupçonnaient point l'étendue, n'éveillait leurs craintes.

Les préparatifs se firent à la hâte et sans bruit. On remplit quelques chars des objets les plus précieux et des vêtements les plus indispensables, puis, dans l'ombre et dans le silence, on abandonna le couvent. De peur d'attirer l'attention, il fallut sortir par groupes. Les plus jeunes enfants furent placés au fond des chars.

Dans la ville, personne n'inquiéta les fugitives; assez d'autres préoccupations remplissaient l'esprit des habitants. Il y avait beaucoup de monde dans les rues, mais peu de bruit. Les Européens passaient, craintifs, muets, cherchant l'ombre et l'abri des monuments. Les Indous, menaçants, farouches, provocateurs, laissaient deviner, sur leurs faces de bronze ordinairement impassibles, les projets sanguinaires qu'ils se proposaient d'accomplir.

Dans les magasins déserts, les marchands serraient à la hâte les écharpes et les mousselines brodées d'or, les cachemires du Punjaub, les bijoux, et ces merveilleuses peintures sur ivoires si renommées dans tout l'Orient.

Quelques jongleurs se jouaient avec des vipères naja, dont la piqûre est mortelle, lorsqu'on ne sait point la rendre inoffensive, et, sous prétexte d'amuser la foule, qui se rassemblait autour d'eux, ces charmeurs permettaient aux Indous de compter et de reconnaître leurs ennemis.

Les petites filles, la main pressée dans celle des religieuses, osaient à peine regarder autour d'elles, et ne respirèrent librement que quand elles furent sorties de la ville. Les chars, qui les avaient devancées, attendaient, conduits par un domestique Indou. Celles des enfants qui se trouvaient fatiguées ou épuisées par la frayeur allèrent rejoindre les babies qui dormaient couchés au fond des chars, et toute la caravane se mit en marche.

C'était une nuit indienne, une nuit d'été pleine de clartés douces et tièdes. Il n'y avait pas de lune ; mais la lumière scintillante des étoiles, et les mille lueurs phosphorescentes qui couraient dans les jungles éclairaient mieux que les pâles rayons du soleil dans les contrées polaires. Le fleuve Djemda, où le firmament se reflétait, brillait comme une ceinture d'argent posée sur le velours sombre des prairies.

Une brise légère agitait les feuilles des tamariniers, semblables à des ailes d'oiseaux, et leurs grappes parfumées, mêlaient leurs senteurs exquises à l'odeur forte et piquante des fleurs de poivre, joli arbuste, dont les tiges, grêles et sarmenteuses, ont besoin de l'appui des grands arbres. De l'autre côté du fleuve, une forêt noire et sombre paraissait rassembler autour d'elle toutes les ténèbres de la nuit, comme elle renfermait en son sein tous les monstres d'alentour. Des rugissements sonores s'échappaient du bois, et souvent les petites filles croyaient apercevoir les yeux flamboyants du tigre parmi les roseaux et les plantes aquatiques.

Néanmoins la route était trop fréquentée pour qu'elles eussent à craindre une attaque de la part des bêtes fauves. Les Indous, qu'elles rencontraient allant à la ville, ou suivant la même direction qu'elles étaient bien plus à redouter.

De temps à autre, des groupes d'Européens, des femmes surtout, qui fuyaient aussi. venaient rejoindre et grossir la caravane.

On avançait bien lentement. Les petites filles, qui n'avaient pu trouver place dans les voitures, étaient accablées de fatigue. Madame Meltham et Niza portaient sur leurs bras leurs enfants endormies , et ne les déposaient dans les chars que quand elles n'avaient plus la force de les soutenir

Enfin l'azur foncé du firmament pâlit, des lueurs blanches parurent à l'horizon, des chants d'oiseaux se firent entendre , les tigres se turent , et l'ombre, descendant des montagnes, alla se perdre au fond des vallées.

C'était l'aube qui commençait à poindre. La caravane s'arrêta , et l'on s'agenouilla au bord de la route pour réciter la prière du matin. Avec grand plaisir , les enfants se disposèrent ensuite à prendre un premier et frugal repas.

Pendant ce temps , l'horizon se colorait, le soleil, prêt à paraître, rougissait les collines, et découvrait toutes les splendeurs du paysage. Les rizières blondes, agitées par le vents, ressemblaient à un beau lac aux ondes mollement balancées. Les bambous, roseaux immenses , s'alignaient sur les rives de la Djemna, comme les rideaux de peupliers sur les berges des fleuves de France. Parmi les sables et les rocs , croissait l'aloès aux feuilles épaisses, charnues et bizarrement contournées. Des oiseaux bril-

lants, volaient d'arbre en arbre, les ailes étendues et comme chargées de pierres précieuses.
Des bosquets de manguiers, de bananiers, de
palmiers s'élevaient de distance en distance, et
l'épine de Manille, gracieux arbuste à fleurs
blanches, mêlait son parfum délicieux à la fraî-
cheur matinale.

Le calme du jour naissant faisait oublier les
terreurs de la nuit; il semblait qu'aucun danger
n'était à craindre au milieu de la campagne paisible et solitaire.

Deux ou trois jeunes filles étaient montées sur
un tertre pour recueillir des noix de cocos, tombées de l'arbre avant leur maturité. Soudain on
les vit revenir en courant, en poussant de grands
cris, et en agitant du côté de la ville leurs bras
étendus.

Les fugitives effrayées se levèrent toutes. On
entendait un bruit sourd, assez semblable au
grondement éloigné du tonnerre, et les rayons
du soleil levant faisaient miroiter dans le lointain, des objets brillants qui devaient être des
armes. Après quelques minutes d'une anxiété
terrible, les fugitives reconnurent qu'elles
étaient poursuivies par une bande de cavaliers
Indous.

« En voyant venir à elles cette horde de furieux, disent les journaux que je citais tout-à-
l'heure, les pauvres religieuses laissèrent leurs

chariots et leurs bagages au milieu de la route, à la merci des pillards, et, chargeant sur leurs épaules les plus petites de leurs élèves, elles coururent se cacher, avec plusieurs autres fuyards dans un bengalow ou maison isolée qui se trouvait près de là, abandonnée par ses habitants. »

IV

LA MAISON ISOLÉE.

Le siége de Delhi se prolongeait , et ne semblait pas devoir aboutir promptement à une vic-
toire définitive. Le choléra , les privations les
chaleurs excessives, décimaient la petite armée
anglaise. On tremblait qu'elle ne fut obligée de
lever le siége. C'eut été un coup mortel pour la
compagnie des Indes. La prise de Delhi pouvait
seule rétablir et consolider sa puissance. Les
troupes le savaient et luttaient avec un grand
courage.

Les rebelles avaient fait de Delhi la nouvelle
capitale de l'empire qu'ils se proposaient de fon-

der, et ils venaient de placer, sur le trône des Grands-Mogols, un descendant du dernier empereur. Mais les Cipayes ne laissaient à ce prince qu'une ombre de royauté. Ils avaient pillé toute la ville, et le nouveau roi était plus pauvre que le dernier de ses soldats.

On ne lui obéissait point, aussi ne tarda-t-il pas à regretter son ancienne existence, calme, heureuse et sans périls.

Les assiégeants n'ignoraient point que la discorde régnait dans la ville, que le prince était à la merci de ses troupes, et fort peu disposé à payer de sa personne, lorsqu'il plaisait aux Cipayes de faire une sortie contre les Anglais. Mais les rebelles obligeaient le souverain pusillanime à se mettre à leur tête.

La seule chose qui ralentit l'ardeur des assiégeants était les mauvaises nouvelles qui parvenaient chaque jour au camp. Les braves soldats supportaient sans se plaindre l'épidémie, les privations et le feu de l'ennemi; mais ils étaient profondément découragés, lorsqu'ils apprenaient que l'insurrection faisait des progrès, et menaçait d'envelopper l'Indoustan tout entier dans son réseau sanglant. Les villes voisines, Meerut, Sealkote, tombaient au pouvoir des rebelles, et voici qu'on affirmait qu'Agra était sur le point de subir le même sort.

Cette dernière nouvelle porta à leur comble les inquiétudes du capitaine Meltham. Depuis longtemps, il pressait sa femme de se rendre à Bénarès, chez son oncle, le seul parent qu'elle eut dans l'Inde. Dès qu'il sut qu'une révolte pouvait éclater à Agra, il s'empressa d'envoyer dans cette ville son fidèle Nadir, avec une lettre très pressante pour Madame Meltham. Le capitaine l'engageait à quitter Agra sans retard, avec sa petite fille, et à essayer de gagner Calcutta ou du moins Bénarès. Nadir devait accompagner ses maîtresses et protéger leur fuite.

L'Indou dévoué partit en toute diligence, et arriva en vue d'Agra le matin même du départ des religieuses. Il allait entrer dans la ville, lorsqu'il rencontra le détachement de cipayes qui se mettait à la poursuite des fugitives. Les soldats Indous, interrogés par Nadir, et le reconnaissant pour un compatriote et un coreligionnaire, lui racontèrent qu'ils poursuivaient des Européennes, qu'on avait vues fuir pendant la nuit, avec des chars remplis d'objets précieux. Elles ne pouvaient être bien éloignées, et les cipayes se flattaient de les rejoindre avant le lever du soleil.

Nadir adressa encore quelques questions à ces furieux, et se convainquit que les malheuses fugitives étaient ces religieuses, dans le couvent desquelles Madame Meltham et sa fille avaient trouvé un refuge. Ainsi, elles aussi fuyaient, et allaient sans doute tomber au pouvoir des cipayes, qui manifestaient hautement l'intention de ne faire grâce à personne.

Cette seule pensée bouleversa le fidèle Nadir. Uniquement occupé du péril qui menaçait ses maîtresses, il n'entra point dans la ville, où il supposait que Niza et Cialy devaient être parfaitement en sûreté.

— Lorsque j'aurai sauvé miss Mary et sa mère, je reviendrai embrasser ma fille, se disait-il.

Il sollicita la permission de se joindre aux cipayes ; ceux-ci lui accordèrent sa demande sans difficulté, et poussèrent l'obligeance jusqu'à lui donner un cheval frais et reposé, en échange du sien. A la vérité, le cheval de Nadir, quoique épuisé par une longue course, valait beaucoup mieux que son remplaçant, et le propriétaire de celui-ci ne perdit point au change.

Le soleil se levait, lorsque les cipayes rencontrèrent les chars abandonnés sur la route. Ils comprirent que celles qu'ils poursuivaient devaient être cachées dans le voisinage. Quelques-uns d'entre eux se mirent à piller les voitures ; mais le plus grand nombre ne s'arrêta pas, et s'occupa uniquement de découvrir les fugitives. Celles-ci n'avaient pu disparaître sans laisser des traces. Dans les rizières, les épis couchés et brisés dénonçaient leur passage. On trouva successivement un rosaire, un lambeau de crêpe noir, un petit soulier d'enfant. Ces indices, et beaucoup d'autres, ne tardèrent pas à conduire les cipayes auprès de la maison isolée où les religieuses priaient et cherchaient à ranimer le courage de leurs élèves.

La première personne que Nadir aperçut fut Madame Meltham, debout dans l'embrasure d'une croisée. A l'aspect des soldats, elle poussa un cri de frayeur et se rejeta vivement en arrière. Mais bientôt, reconnaissant son fidèle domestique, elle se pencha de nouveau à la fenêtre ouverte.

— Nadir, lui cria-t-elle, sauvez ma fille. Peu importe ce que je deviendrai, mais sauvez Mary.

L'Indou lui répondit par un signe de tête, et se plaçant devant les cipayes :

— Ma fille est là, leur dit-il; ma fille se trouve parmi ces européennes, laissez-moi la prendre et la mettre en sûreté.

Les soldats hésitaient à lui livrer passage.

—Ta fille! dirent-ils. Est-ce bien sûr ? D'où vient que tu ne nous as point encore parlé d'elle?

— Je ne savais point qu'elle était ici. Je m'en doutais pourtant, puisque je vous ai suivis. C'est cette lady, que vous voyez à la fenêtre, qui m'a parlé de l'enfant.

Le soldats ne comprenaient point l'Anglais, et ils avaient entendu Madame Meltham adresser quelques mots à Nadir.

3

— Soit, dirent-ils, emmène ta fille, mais hâte toi, et surtout ne cherche point à sauver d'autres personnes, car cela suffirait pour qu'elles fussent mises à mort immédiatement.

Sans répondre, Nadir pénétra dans la salle où les fugitives étaient rassemblées. Les religieuses priaient en silence, les petites filles pleuraient, et, debout près de la porte, Niza attendait son mari, qui fit un geste d'effroi en l'apercevant.

— Niza ici ! s'écria-t-il.

— Pourquoi cette frayeur? qu'ai-je à craindre! demanda cette femme courageuse. Les enfants de Brahma ne s'égorgent point entre eux.

Dans un coin, Mary et sa sœur de lait jouaient ensemble. Elles s'étaient amusées à changer de vêtements. Mary dansait, revêtue du pagne bleu, et Cialy se promenait gravement parée de la jupe ample, du pantalon festonné et de la mantille de Mary.

— Quoi! l'enfant aussi? dit le malheureux Nadir en prenant sa fille dans ses bras. Comment vous sauver toutes quatre?

— Ne pensez pas à moi, interrompit Madame Meltham.

— L'enfant et moi nous ne courons aucun risque, dit encore Niza. Sauvez miss Mary, elle est aussi notre fille.

Pendant ce temps, les cipayes se partageaient les objets trouvés dans les chars.

Cialy, suspendue au cou de son père, l'embrassait de toute sa force.

— Ah! lui dit-il, puisque je t'ai retrouvée, je ne te quitterai plus.

— Et moi, Nadir, cria Mary, ne m'embrasseras-tu point de la part de mon père?

Nadir déposa à terre sa fille unique, et tendit ses bras à la petite anglaise.

— Qu'a dit mon père? lui demanda Mary d'une voix caressante.

— Il m'a dit de vous sauver, et j'ai promis de le faire n'importe à quel prix, répliqua Nadir en continuant à regarder Cialy avec angoisse.

Les cipayes montaient en tumulte; une dame anglaise se trouva sur leur passage. Ils la connaissaient, son mari remplissait des fonctions qui lui avaient fait de nombreux ennemis parmi les Indous. Ceux-ci massacrèrent cette infortunée, sous les yeux des religieuses et des petites filles glacées d'épouvante.

— Nadir, sauvez mon enfant, cria encore Madame Meltham terrifié.

— Mais vous?... balbutia le malheureux qui prenait tour à tour Mary et Cialy dans ses bras, et courait de l'une à l'autre sans oser choisir entre elles.

— J'ai deux filles , dit-il aux cipayes d'une voix haletante.

On lui répondit par des murmures et des cris d'impatience.

— Faites sortir cet homme, c'est un Européen déguisé , dit celui qui commandait à toute la bande.

— Cela est faux, repartit Nadir, je suis Indou comme toi, et je ne permettrai point qu'aucun mal soit fait à mes enfants.

— Qu'avez-vous donc à crier ainsi? lui dirent plusieurs soldats impatientés. Nous sommes ici pour venger nos compatriotes, et non pour leur faire du tort. S'il y a , dans cette maison , des femmes et des enfants Indous, ils n'ont rien à craindre. Qu'ils se mettent sous notre protection , ils verront comment nous savons punir leurs oppresseurs, et ceux qui ont été trop longtemps leurs maîtres.

— Vous entendez , Nadir, balbutia Madame Meltham , votre femme et votre fille sont en sûreté.

— Mais vous?... répétait-il toujours avec effroi.

— Sauvez Mary, dit-elle encore, emportez-la... Faites que je ne la voie point égorger sous mes yeux... Pour moi, si Dieu permet que je vive, s'il me laisse la liberté, j'irai vous retrouver là, dans la forêt, dès que ces hommes seront partis... Attendez-moi sous le figuier, là bas... vous voyez?... Adieu, Mary, mon ange, Nadir va t'emporter de peur que les soldats ne veuillent s'emparer de toi. Il ne faut point pleurer, ma fille, et ne point te débattre... Ferme les yeux, feins de dormir, et prie ta sainte patronne.

— Mais vous, maman? demanda la petite fille en abaissant docilement ses paupières sur ses yeux noirs.

— Moi, j'irai te rejoindre bientôt.... si la divine Providence le permet, ajouta-t-elle tout bas...

Au milieu de cette scène tumultueuse personne ne prêtait la moindre attention au dialogue de Madame Meltham et de Nadir.

Celui-ci prit l'enfant, jeta sur sa tête un coin du pagne et l'emporta.

— Adieu encore, dit la jeune femme adieu, ma fille.

— Dès que j'aurai pu lui procurer un abri, je reviendrai, reprit vivement Nadir.

Madame Meltham secoua la tête, enleva un médaillon retenu par une chaîne d'or qu'elle portait au cou, et le remit au fidèle serviteur.

— C'est le portrait de ma mère, dit-elle. Si nous ne devions pas nous revoir, vous le donneriez à Mary. Qu'elle ne s'en sépare point et ne le laisse voir à personne.

Nadir fit un geste affirmatif, et descendit rapidement, sans que personne songeât à la retenir.

V

SÉPARATION

Nadir se réfugia d'abord dans les rizières qui entouraient le bengalaw. Les épis, hauts et touffus, le cachaient assez bien. Mary s'était endormie, elle reposait à l'ombre des tiges flexibles et dorées, qui se balançaient sur le front et le rafraîchissaient doucement. Le fidèle Indou tenait à ne point s'éloigner de la maison. Il voyait ce qui se passait, et au premier cri d'alarme, il pouvait s'élancer au secours des fugitives.

Mais quelques cipayes, qui venaient de piller les chars, traversèrent la rizière, et aperçurent l'enfant endormie, et Nadir assis auprès d'elle. En manière de plaisanterie, l'un d'eux éveilla la petite fille, en l'effleurant légèrement avec la pointe de son sabre recourbé. Elle se mit à crier en appelant sa mère, Nadir la prit dans ses bras, et l'emporta en courant de toutes ses forces, poursuivi par les rires des soldats. Il atteignit ainsi la forêt et ne s'arrêta que sous le figuier, où Madame Meltham avait promis de venir le rejoindre, si Dieu lui laissait la vie et la liberté.

C'était un figuier des Indes, l'arbre sacré des Indous, et l'une des merveilles du règne végétal. Du tronc immense partent, de tous côtés, des branches énormes, qui s'étendent horizontalement, et donnent naissance à de longs jets pendants qui descendent jusqu'à terre, s'enfoncent dans le sol, prennent racine, deviennent eux-mêmes de nouveaux troncs qui donnent naissance à de nouvelles branches.

On dirait un vaste édifice, soutenu par de légères colonne. Une ombre continuelle, un silence imposant règnent sous cet arbre qui est à lui seul toute une forêt. Son aspect est triste et majestueux. Il étonne et il inspire une sorte de crainte. Les Indous plantent souvent le figuier auprès de leurs temples et de leurs tombeaux. Les habitants de l'île de Sumatra prétendent que cet arbre, surnommé admirable, est la forme matérielle de l'esprit des bois.

Nadir, en sa qualité de serviteur de Brahma, ne pénétra, sous le figuier, qu'avec un respect profond. Il coucha la petite fille sur un lit de feuilles parfumées et s'assit auprès d'elle. Mary ne dormit pas longtemps, et lorsqu'elle s'éveilla, elle ne se souvenait plus de rien. Elle insista pour que Nadir la reconduisit à sa mère. Puis elle pleura beaucoup et se plaignit de la soif. Sur ce point, Nadir n'eut pas de peine à la satisfaire. On ne saurait avoir faim et soif dans une forêt de l'Indoustan. Avec une libéralité merveilleuse, la divine Providence vient au secours du voyageur altéré.

A peu de distance du figuier, un cocotier élevait dans les airs sa tige svelte, terminée par une couronne de feuillage ondulante et palmée.

Les marins ont donné aux cocotiers des Indes le titre de roi des végétaux. Il appartient à cette famille des palmiers, que Linnée appelait les princes du règne végétal, et il en est véritablement le chef, ses fruits sont universellement connus. Lorsqu'ils n'ont point atteint leur maturité, ils offrent un liquide clair, odorant, sucré. Plus tard, ce liquide s'épaissit, devient assez semblable à du lait, et enfin, quand le fruit est mûr, le lait fait place à une substance appelée chair de coco, qui a une grande analogie avec les amendes et les avelines. L'écorce est mince mais assez dure pour qu'on puisse en fabriquer des vases élégants et gracieux. Mary but avec grand plaisir la crême savoureuse d'une noix de coco, puis comme elle persistait à demander sa mère, Nadir se décida à retourner au bengalow. Lui-même était profondément inquiet, non pas au sujet de Niza et de Cialy, les cipayes lui ayant promis formellement qu'il ne serait fait aucun mal aux femmes et aux enfants Indous, mais le sort de Madame Meltham le faisait trembler. Il espérait pourtant que Niza aurait réussi à sauver la vie de sa maîtresse. Mais alors pourquoi ne venaient-elles pas le rejoindre sous le figuier, comme il avait été convenu?

Nadir trouva la maison isolée, déserte, et les vitres des fenêtres brisées en mille éclats. Un grand silence régnait en ce lieu. L'Indou ne pénétra qu'en tremblant dans l'intérieur du logis. Il n'y avait personne. Le soleil entrait librement par les croisées, privées de leurs chassis; les oiseaux chanteurs voletaient sur le toit. Tout était redevenu calme et tranquille. Nadir chercha partout, craignant toujours de se heurter contre quelque cadavre, mais il ne découvrit rien. Il fut forcé de conclure que les cipayes avaient faits prisonnières toutes les personnes qui se trouvaient dans le bengalow; car si Niza seulement eut été libre; elle n'eut point manqué d'accourir au plus vite sous le figuier.

Assurement la captivité de Cialy et de celle

de sa mère ne seraient pas longues. Il était
sans exemple que des femmes Indoues fussent retenues prisonnières par les cipayes; mais
quant aux Européennes, les traitements les
plus rigoureux, ne tarderaient point à abréger
la vie de celles que ces furieux ne massacraient
pas sur le champ.

Voici pourtant ce qui s'était passé dans le
bengalow, en l'absence de Nadir.

« Les cipayes tournèrent leurs armes toutes
ensanglantées contre les religieuses, disent
les journaux d'alors, les menaçant, avec d'hor-
ribles injures, de les tuer, elles et leurs élèves,
si elles ne leur livraient pas toutes leurs richesses pour racheter leur vie. Epouvantées par
cette scène terrible, les religieuses répondirent
en tremblant aux massacreurs que leurs bagages étaient restés sur la route, et qu'ils pouvaient s'en emparer. Mais comme cette opé-
ration avait été déjà faite par d'autres pillards,
ceux-ci, mécontents de n'en pas avoir profité,
semblaient vouloir se venger. Cependant ils se
décidèrent à reconduire les fugitives au couvent, et, de gré ou de force, toutes les personnes qui étaient là furent obligées de les
suivre.

On devine facilement quelles furent les angoisses de Madame Meltham, lorsqu'elle se vit
forcée d'abandonner son enfant, pour retourner

seule à Agra. Combien elle regretta alors de s'être séparée de sa chère Mary!

Niza et sa fille n'étaient guère moins tristes que leur maîtresse. La bonne Indoue sollicita vainement la permission de se retirer avec Cialy. Les cipayes, comprenant qu'elle avait eu des motifs pour suivre les Européennes, refusèrent de lui rendre la liberté, jusqu'à ce qu'ils eussent pu s'expliquer la cause qui l'avait conduite en ce lieu. Ils assurèrent, du reste, que sa captivité serait courte et nullement rigoureuse.

Il restait à Madame Meltham un bien faible espoir, lorsqu'elle s'éloigna de cette maison. Avec la pointe d'un diamant, elle avait trouvé moyen de graver ces mots, sur une vitre : » Nous retournons à Agra. Nadir, ramenez ma fille. » Elle pensait que le fidèle Indou, en visitant soigneusement tous les recoins du bengalow, ne pourrait manquer de lire cet avertissement, placé tout au milieu de la principale fenêtre du logis.

Mais au moment de quitter la maison, les cipayes s'avisèrent d'une chose, c'est qu'il fallait empêcher qu'elle put servir d'asile à d'autres fugitifs. En conséquence, ils brisèrent les portes et les fenêtres. Ils essayèrent même d'incendier le logis, mais le feu mal allumé, s'éteignit peu de temps après leur départ, et Nadir vit seulement quelques poutres noircies.

La pauvre Mary, accablée de fatigue, sanglotait amèrement, et son protecteur cherchait en vain à la consoler. Comme il sortait du bengalow, en la tenant toujours dans ses bras, il vit passer, sur la route, deux femmes Indoues. Il leur demanda si elles n'avaient point aperçu un détachement de cipayes, conduisant des prisonniers Européens. Elles répondirent affirmativement. Elles avaient rencontré, en effet, un convoi de prisonniers escorté par des soldats Indous; mais ce n'était point celui que Nadir eut voulu rejoindre à tout prix. Il le crut pourtant, il adressa encore plusieurs questions à ces femmes, et leurs réponses le confirmèrent dans la persuasion que c'étaient bien les religieuses et leurs élèves qu'elles avaient rencontrées. Elles assurèrent que ce convoi ne se dirigeait point vers la ville, mais au contraire suivait le cours de la Djemna. Nadir ne fut pas très étonné, sans doute les cipayes conduisaient leurs prisonniers dons une des villes voisines qui étaient tombées en leur pouvoir. Il se détermina à les suivre, se promettant toutefois de tenir Mary à distance, dans le cas où il viendrait à les rejoindre. Il retrouva son cheval, qu'il avait attaché à un arbre quelques heures auparavant, et qui broutait paisiblement l'herbe tendre. Malgré l'extrême chaleur, Nadir partit immédiatement avec la petite fille dans ses bras.

VI

LE FORT.

Pendant ce temps, Madame Meltham se désolait, et cherchait tous les moyens de sortir du couvent, sans en découvrir un seul. Elle était prisonnière, aussi bien que les religieuses et leurs élèves, et on les surveillait si rigoureusement, qu'il leur paraissait impossible de s'échapper.

Quelques fragments d'une lettre écrite par une des religieuses, fera comprendre quelle était la situation de ces infortunées. Cette lettre adressée à une autre religieuse du même ordre , a été reproduite par la plupart des journaux, à cette époque.

...... « Nous nous préparâmes toutes à recevoir une dernière absolution. Nos élèves protestantes demandèrent et reçurent le saint baptême. Cette consolation renouvela le courage et la confiance de tout le monde. Nous cherchâmes tous les moyens possibles de nous sauver, mais, hélas! le jardin était entouré de cavalerie. Trois ou quatre fois nous fûmes visitées par quelques-uns de ces soldats, et leur dernière visite fut pour le moins aussi terrible que la première. Voyant cela, nous nous déterminâmes à nous sauver dans le Jungal — petit bois. — Une brèche fut faite au mur de clôture, et à peine l'avions-nous franchie, qu'un trentaine de soldats entrèrent dans la maison. Voyez la Providence du bon Dieu qui nous sauvait de ce nouveau danger!... etc.

Après de longues angoisses, une marche pénible, et une foule de rencontres périlleuses, les malheureuses fugitives atteignirent un fort défendu par des soldats Anglais. Beaucoup d'Européens avaient trouvé un refuge en ce lieu, et beaucoup d'autres avaient été massacrés en voulant l'atteindre. Parmi les officiers qui commandaient à cette vaillante petite troupe, Madame Meltham reconnut son oncle. Ce fut un nouveau tourment pour cette pauvre mère. Jusque-là, elle avait espéré que Nadir conduirait Mary à Bénarès, et que la chère enfant serait en sûreté chez le major. Mais qu'allait devenir la douce petite fille, seule et sans protections, dans une ville inconnue?

— Ah mon oncle! dit Madame Meltham au vieux militaire, je ne m'attendais guère à vous rencontrer ici! Vous avez donc repris du service?

— Pas précisément, ma chère, répliqua-t-il avec un grand flegme. Mais je puis dire aussi que votre présence m'étonne, au moins autant que la mienne vous surprend, quoique je sois venu en ce pays uniquement pour veiller sur ma petite nièce... Eh bien! où est-elle, ma chère Mary aux yeux noirs?

— Dieu le sait, murmura Madame Meltham en joignant les mains. Mon oncle, je crains que mon imprudence n'ait causé la mort de ma fille. Je voulais la sauver, et je n'ai peut-être réussi qu'à la perdre.

En peu de mots, et avec beaucoup de larmes, elle fit au major le récit de la fuite de Mary et de Nadir. Le militaire était aussi fort ému, néanmoins il affecta un air de tranquillité et d'assurance, qu'il était loin de posséder. Mais, avant tout, il voulait ramener un peu de confiance dans le cœur de cette mère infortunée.

— Ainsi, dit-il, Mary nous précède, et arri

4

vera avant nous à Bénarès? Tant mieux. Je
voudrais que nous y fussions tous. Du moment
que vous avez confié l'enfant à Nadir, il n'y a
rien à craindre. Elle est aussi en sûreté avec
lui qu'avec nous.

Il était bien vrai, qu'en ce moment, Mary et
son guide fidèle suivaient la route qui condui-
sait à Bénarès. Nadir, désespérant de retrouver
les traces de Madame Meltham, s'était décidé à
amener la petite fille au major Ward, et à
revenir ensuite s'informer du sort des personnes si chères, dont il avait été obligé de se
séparer.

Le chemin fut long et pénible, on ne pouvait
voyager que la nuit, à cause de la chaleur suf-
foquante. Nadir s'était procuré un char léger,
recouvert d'une tente de toile, et, derrière cet
abri flottant, la tête bouclée de la petite anglaise n'apparaissait qu'indistinctement, aux
regards des voyageurs. Du reste, aucun péril
grave ne la menaçait. L'Indou pouvait traverser
toute la presqu'île, et personne n'eut pu trouver
mauvais qu'il eut avec lui une petite fille de
trois ans à peine, lors même qu'elle appartenait
à la race Européenne. Mary avait beaucoup
pleuré d'abord, et beaucoup regretté sa mère;
puis, peu à peu, son chagrin s'effaça devant
les distractions du voyage, et l'assurance, que
lui donnait Nadir de retrouver prochainement

M. et Madame Meltham. Ils suivaient les bords
de la Djemna.

Pendant la nuit, les flots brillants leur servaient de guide, et leur indiquaient la direction qu'ils devaient prendre. C'était aussi une
barrière entre eux et les tigres, dont les rugissements sonores se faisaient entendre,
aussitôt que scintillait au ciel la première
étoile.

A l'aube on voyait de gracieuses embarcations
apparaître sur la Djemna et se croiser dans
tous les sens, comme de gigantesques corbeilles,
savoureuses et embaumées, des bateaux,
chargés de fleurs et de fruits, sillonnaient le
fleuve, portant, en aval et en amont, les plus
riches trésors de cette terre si prodigieusement
fertile.

Lorsque le soleil atteignait la cîme des montagnes bleues, et qu'il lançait ses premières
flèches d'or sur le fleuve et dans la plaine, Mary
écartait les rideaux de toile qui l'avaient
abritée pendant la nuit, et prenait plaisir à regarder les villages Indous, qui lui apparaissaient
tour à tour, tantôt dans le lointain, tantôt sur
les bords de la Djemna. Les maisonnettes, avec
leurs toits plats couverts de palmes, les pagodes
blanches, les jardins où fleurissaient le goyavier,
le bananier, le grenadier, réjouissaient l'enfant.
Elle voyait, avec une vive curiosité, les petits

Indous se rendre à l'école, c'est-à-dire sous le verandale — espèce de tente en treillage — où, gravement assis, le professeur attendait. Elle se penchait en dehors du char, pour admirer la d'extérité avec laquelle les écoliers traçaient des lettres et des chiffres sur le sable au moyen d'un instrument de fer, mince, léger et fait exprès.

Parfois d'élégants palanquins venaient à passer auprès de l'humble carriole. Ces palanquins, ou chaises à porteurs, ont la forme d'une caisse oblongue, avec des portes et des persiennes, que l'on ouvre et que l'on ferme à volonté. Ils reposent sur quatre pieds. Huit, et même douze hommes, portent cette caisse sur leurs épaules. A chaque relai, on change de porteurs.

Le soir, on voyait les pêcheurs accourir sur les berges du fleuve. Ces fleuves sont excessivement poissonneux, et les Indous ont mille moyens étranges et ingénieux pour prendre le poisson. Mais le spectacle le plus curieux est celui de leur chasse aux oiseaux aquatiques.

A certaines époques de l'année, les marais et le bord fangeux des rivières se couvrent de sarcelles et de canards sauvages. Le chasseur entre dans l'étang, en ayant soin d'avoir de l'eau jusqu'au menton. Il enfonce sa tête dans une calebasse vide. Les oiseaux, habitués à voir flotter ces calebasses sur les marais, les suivent et se posent sans méfiance. Le chasseur lève le bras et saisit sa proie adroitement, en ayant soin de ne point donner l'alarme parmi la troupe ailée.

VII

PAYSAGE INDIEN.

Nadir , tout en affectant une grande gaieté , pour éveiller celle de sa petite compagne de voyage , était profondément triste. Il ne laissait pas que de ressentir quelques inquiétudes au sujet de Niza et de Cialy, bien qu'il ne crut point qu'elles eussent couru des dangers sérieux; mais ses craintes les plus vives lui étaient inspirées par l'affreuse situation où devait se trouver Madame Meltham. Il se demandait, avec angoisse, s'il oserait jamais affronter la présence du capitaine , et ce qu'il répondrait , lorsqu'on l'inviterait à rendre compte de la manière dont

Il avait exécuté la mission qui lui avait été confiée.

— Je ne devais point quitter Madame Meltham, se disait-il, je ne devais point séparer l'enfant de sa mère. Il valait mieux affronter tous ensemble les mêmes périls.

Mais il se gardait bien de laisser deviner, à la pauvre Mary, les tristes pensées qui l'agitaient. Il s'appliquait, au contraire, à procurer des distractions à la malheureuse petite fille, qui pleurait souvent en demandant sa mère. Il lui récitait des contes enfantins, il essayait d'occuper son esprit, il cherchait à l'intéresser aux incidents du voyage, il lui faisait remarquer les choses curieuses qu'ils rencontraient, et tout ce qui lui paraissait de nature à pouvoir amuser un enfant de cet âge.

— Voyez, miss Mary, lui disait-il, comme les montagnes se colorent, et comme le fleuve devient brillant. C'est que le soleil va paraître. Et ces jolies fleurs rouges épanouies sur l'eau, les voyez-vous, Mary? Elles se ferment. Elles ne s'ouvrent que la nuit. Ne dirait-on pas de petites flammes?

Cette plante aquatique, sur laquelle Nadir attirait l'attention de l'enfant, était le Nymphœa Nelumbo ou Lotus, le plus bel ornement des eaux dans l'Inde et en Chine : selon les Indous, c'est l'emblème du feu et de l'eau réunis, c'est

la fleur de la nuit qui se désole lorsque le jour
vient à paraître ; elle ne s'ouvre qu'aux rayons
de la lune à qui seule elle envoie ses parfums ;
souvent on aperçoit un bel oiseau, au plumage marron, au bec effilé, aux longues jambes
et aux ailes réunies à l'épaule par un éperon
pointu, qui marche sur l'eau, en sautant sur les
feuilles de lotus, et en allant de l'une à l'autre
avec une dextérité surprenante. C'est le Para-
Jacana de l'ordre des échassiers.

— Mary, disait encore Nadir, regardez cette
prairie toute couverte de fleurs soyeuses et ar-
gentées, qui s'élèvent comme des aigrettes brillantes au sommet de ces hautes tiges : ce sont
des cannes à sucre. Parmi elles, vous vous
égareriez, miss Mary, aussi facilement qu'au
milieu d'une forêt de grands arbres, et pour
cueillir les aigrettes, vous seriez obligée de cou-
per les tiges, car chacune d'elle a deux ou
trois mètres de hauteur. Avez-vous jamais rien
vu de plus joli qu'un champ de cannes à
sucre ?

Il est de fait que ces belles plantes qui
sont pourtant de simples graminées, ont un
éclat et une élégance remarquables, ainsi
réunies au milieu de la campagne. Les feuilles,
d'un vert brillant, sont traversées par de
grosses nervures blanches. Les tiges, épaisses
de trois à neuf centimètres, sont divisées par
nœuds assez rapprochés, et terminées par une
longue flèche très lisse, qui soutient une belle

panicule longue de deux pieds, et chargée de petites fleurs blanches fort agréables. Sous cet aspect séduisant, cette plante renferme une liqueur précieuse que l'homme, au moyen d'une longue préparation, est parvenu à convertir en sucre. C'est dans les tiges ou chaumes que se trouve cette liqueur mielleuse. Lorsqu'elles sont mûres, c'est-à-dire lorsqu'elles ont environ dix-huit mois, on les coupe, on les dépouille de leurs feuilles, on les presse entre des cylindres, et l'on extrait ainsi cette liqueur douce, qui, après une minitieuse manipulation, deviendra du sucre.

Après les champs de cannes à sucre, Nadir faisait remarquer à Mary les plantations d'indigotiers qui occupent aux Indes une si grande place dans la culture. L'indigotier est un joli arbuste de deux à trois pieds de haut. Les fleurs disposées par grappes sont d'un vert pourpré charmant. Les fruits sont enfermés dans des gousses minces et menues. C'est de préférence au bord des bois, dans les vallons, que l'on cultive l'indigo. Cette plante craint les grands vents et les orages impétueux, si fréquents sous les tropiques. Pour retirer les feuilles et des tiges la fécule de l'indigo, on emploie différents procédés et l'on recueille d'abord une liqueur noirâtre qui, exposée à l'air et au soleil, se durcit, se réduit en masses solides, légères, cassantes. d'un bleu d'azur très foncé.

Autrefois on se figurait en Europe, que l'indigo était une pierre assez commune dans l'Inde, de là vient son ancien nom d'indic ou de pierre qui indique.

Nadir cueillit un jour pour Mary un bouquet, qui causa à la petite fille un plaisir extrême. Il se composait de nepenthes et de sainfoin oscillant (en latin *hedysarum gyrans*). Ces deux plantes sont peut-être les plus remarquables, de toutes celles que l'on rencontre dans l'Indoustan. Les feuilles du nepenthes se terminent, à leur sommet, par un long filament, une sorte de vrille, qui porte une urne creuse, lisse, ordinairement d'un beau bleu à l'intérieur, et recouverte, à son sommet, par un opercule ou couvercle, qui s'ouvre et se ferme naturellement. Cette urne est un des plus merveilleux phénomènes du règne végétal. Elle est remplie d'une eau douce, limpide, excellente à boire. On croyait autrefois que cette eau provenait de la pluie et de la rosée, mais on a reconnu ensuite que le liquide se forme dans la plante elle-même. C'est pendant la nuit, lorsque l'opercule est abaissé, que l'urne se remplit.

Le sainfoin oscillant possède une propriété plus étrange encore. Cette plante, de la famille des légumineuses, a des familles composées de trois filioles ; deux latérales très petites, et une impaire beaucoup plus longue. Les deux filioles latérales s'abaissent et s'élèvent continuellement, en tournant sur leurs charnières.

Ce mouvement est si rapide qu'on peut compter jusqu'à cinquante oscillations par minute. La foliole du milieu se tient immobile, et dans une position horizontale pendant le jour. La nuit, elle se couche sur la tige, tandis que les petites feuilles continuent à être agitées par des saccades anologues à celles de l'aiguille des montres à secondes. Cette plante a été découverte au Bengale par lady Monson, et introduite pour la première fois en Europe, en 1777.

Lorsque le jour grandissait, lorsque le soleil devenait brûlant, Mary, qui souffrait de la chaleur, pleurait en appelant sa mère. Alors Nadir s'arrêtait dans le premier hameau qui se trouvait sur le passage. S'il ne rencontrait point de choultra — hôtellerie — il allait frapper à la porte de quelque cabane, où il demeurait avec sa petite compagne, jusqu'au déclin du jour. L'enfant dormait paisiblement, et, au soleil couché, le cheval reposé par cette longue halte, traînait avec une vigueur nouvelle le char léger qui renfermait les deux voyageurs,

VII

BÉNARÈS.

Enfin Nadir et Mary arrivèrent à Allahabad.
Abad est un mot qui signifie ville. Allahabad,
séjour d'Allah, ou ville d'Allah. Ilyderabad,
ville d'Ilyder. Plusieurs ville de l'Inde ont cette
terminaison.

Allahabad est situé au confluent du Gange et
de la Djemna. Le Gange est en excellence le
fleuve vénéré des Indous. Ils prétendent qu'il
est descendu du front de leur dieu Siva. Or,
la principale fonction de Siva, selon ses adorateurs, étant de recueillir les âmes de ceux qui
sont morts, les crédules Indous se figurent

qu'il donne la meilleure place à ceux qui se sont noyés dans les eaux de son fleuve favori.

Autrefois, une quantité considérable d'Indous se précipitaient volontairement dans le fleuve chaque année pour y trouver la mort. Cette pratique, sans être abandonnée, est actuellement moins suivie; mais on est encore persuadé, dans l'Inde, que rien n'est plus agréable aux dieux, que de voir leurs serviteurs se noyer dans le Gange, si ce n'est pourtant de les voir se faire écraser sous les roues du char de Juggurnath.

Le Gange prend sa source dans l'Himalaya; ses eaux se précipitent d'une hauteur d'environ trois mètres, et forment un vaste bassin, qui est le lieu de réunion des pélerins Indous. Ils y viennent puiser de l'eau, à laquelle ils attribuent des vertus nombreuses.

Un peu au-dessous de l'endroit où nait le fleuve, on voit un temple magnifique, élevé à la déesse Ganga. Elle n'en a pas d'autres dans l'Inde. Celui-ci renferme une statue marbre et or, représentant les trois principaux dieux des Indous : Brahma, Vichnou et Siva. Cette statue était à Delhi, à l'époque du massacre ordonné par Nadir-Schah. On parvint à la sauver, en la cachant dans les eaux de la Djemna.

En quittant le versant oriental de l'Himalaya,

le Gange traverse les fertiles provinces de Delhi d'Agra, d'Allahabad, de Mirzapour, de Bénarès, de Ghazipour et de Patra. Il forme, dans le Bengale, un immense delta, composé d'un grand nombre de branches. La principale est l'Houghi, qui passe à Chandernagor et à Calcutta. Les eaux de l'Houghi sont plus sacrées encore, aux yeux des brahmines, que celles des autres branches du fleuve. Les prêtres de Brahma jurent sur ces eaux en justice, comme les musulmans sur le Coran.

Ces explications étaient nécessaires, pour qu'on put bien comprendre quelle marche suivaient les fugitifs dans leur pénible voyage. Ils allaient descendre le Gange, car Nadir ne s'arrêta point à Allahabad, pressé qu'il était d'arriver à Bénarès, pour remettre la petite Mary entre les mains de son grand-oncle le major. Le pauvre Indou songeait sans cesse à sa véritable fille, qu'il avait abandonnée pour sauver celle-ci, et il souhaitait vivement d'avoir déposé la petite anglaise en lieu sûr, afin de pouvoir revenir auprès de la pauvre Cialy, de Niza, et de Monsieur et Madame Meltham, dont l'existence ne devait être qu'une continuelle angoisse, tant qu'ils n'apprendraient pas, de la bouche même de Nadir, que l'enfant était sauvée.

D'Allahabad à Bénarès, la route est charmante, et tracée au milieu du paysage le plus splendide. Le Gange, qui se contourne capri-

cieusement, enlacé dans ses ondulations de
fraîches prairies, de forêts qui comptent presque autant de fleurs que de feuilles, de champs
de cannes à sucre, d'indigo, de rizières, de
bosquets d'orangers, de palmiers. Les pélerins,
qui vont en foule à Bénarès, ne doivent point
regretter les fatigues du voyage.

Cette ville de Bénarès est considérée, par les
Indous, comme leur métropole, et l'université
chargée de conserver les doctrines, et de ré-
pandre l'enseignement du culte de Brahma. Les
légendes font remonter sa fondation à la plus
haute antiquité. On prétend qu'elle existait un
siècle après le déluge. Elle est située sur la rive
gauche du Gange, dans la vaste courbe qu'il
décrit avant d'arriver à Ghazipour, et au centre
de sa patrie la plus riche et la plus pittoresque
Bénarès s'étend sur une longueur de cinq kilo-
mètres, et domine le cours majestueux du
fleuve, dont le niveau est à environ dix mètres
au-dessous des rues. De nombreuses et larges
rampes permettent de descendre sur les berges.
Elles produisent un effet vraiment remarquable.
La ville renferme quelques édifices, derniers
vestiges de l'art indien ; mais, comme elle doit
son éclat et sa prospérité au Grand-Mogol
Aureng-Zeyb, qui était musulman, l'architec-
ture musulmane y domine, avec ses formes
élégantes et aériennes.

On admire encore aujourd'hui la splendide
mosquée, construite en 1685, d'après les ordres

d'Aureng-Zeyb. Elle est faite de marbre blanc
et rouge, et deux minarets, légers, découpés à
jour, ainsi que de gigantesques joujoux d'ivoire,
s'élèvent aux côtés de l'édifice, comme des
tourelles autour d'uu palais mauresque.

D'autres temples sont couverts de fleurs, de
branches d'arbres, d'animaux et de figures
allégoriques finement sculptées. Le plus beau
de ces édifices est élevé sur l'emplacement où,
d'après la mythologie Indoue, Para-Brahma vint
sur la terre en sortant d'un œuf d'or. Dans ce
temple, construit en pierres rouges, on voit un
taureau en marbre vert d'un seul bloc, qui a
environ huit mètres de hauteur. On y adore
aussi Siva, sous la forme d'une grosse pierre
noire, qui, disent les mythologues Indiens,
descendit du ciel, escortée par deux cigognes.
On y conserve de l'eau du Gange, dans laquelle
les Indous prétendent que Vichnou et Siva se
sont désaltérés.

Des caravanes de pélerins viennent à Bénarès
de toutes les parties de l'Indoustan. Dès le
matin, on voit passer dans les rues les brahmines qui se rendent aux temples, et les fidèles
qui vont chercher l'eau vénérée du Gange.
Des marchands de fleurs stationnent à la porte
des pagodes.

Le commerce et l'industrie sont florissants à
Bénarès. On y vend des châles, des diamants,
des parures asiatiques, des brocarts d'or et d'ar-

5

gent. La population est d'environ deux cents
mille habitants.

Lorsque Nadir arriva dans cette ville, on y
célébrait en grande pompe la fête de la
déesse Dourga. Les processions forment le
principal article de cette fête. Les adorateurs
de Dourga se peignent la figure de vermillon ;
des guirlandes de fleurs symboliques leur cei-
gnent la tête. Il en est qui se distinguent en
s'imposant une foule de tortures. Les uns se
percent la langue, d'autres tiennent des tenail-
les, avec lesquelles ils se meurtrissent, d'autres
se brûlent avec des fers rouges. On voit, au
coin des rues, des pénitents qui, depuis des
années entières, se tiennent dans la même po-
siton, on en voit qui, pendant des quarts de
siècle, demeurent chargés de chaînes. Au milieu des lignes des processions, s'avancent des
chars traînés par des bœufs et des chevaux.
Ils renferment des trophées, des emblêmes
mythologiques, les attributs de la déesse
Dourga, accompagnés d'un état-major de dieux
et de déesses de formes bizarres et fantastiques.
Les brahmines extorquent l'argent des pèle-
rins par tous les moyens possibles, avouables
ou non ; quand ils ne peuvent l'avoir de plein
gré, ils le volent, et un grand nombre de ceux
qui sont venus commodément et avec luxe, sont
forcés de retourner chez eux en mendiant.

Le premier soin de Nadir, en arrivant à
Bénarès, fut de conduire Mary chez le major

Ward. Qu'on se figure qu'elle fut la désolation du pauvre Indou, lorsqu'il apprit que celui
qu'il était venu chercher si loin se trouvait en
ce moment sur la route d'Agra. Que faire et où
conduire l'enfant? Il était bien impossible de
la ramener à sa mère, après l'avoir sauvée avec
tant de peine. On ne pouvait la laisser seule à
Bénarès, où Nadir ne connaissait personne. Le
fidèle serviteur était pressé de revoir sa famille, il n'avait qu'un désir celui de mettre
Mary en sûreté, et de pouvoir retourner auprès
de sa gentille Cialy. Après avoir beaucoup
hésité, il se décida à conduire l'enfant à Calcutta,
et à la confier au gouvernement anglais, qui
avait recueilli déjà bien des veuves et des orphelins. Il quitta Bénarès, avec d'autant plus
d'empressement, qu'on parlait d'un complot qui
se tramait dans l'ombre, et qui devait éclater
pendant les fêtes célébrées en l'honneur, de
Dourga.

IX

LE FIGUIER DES INDES.

Nadir était à peine sorti de Bénarès, qu'il se trouva enveloppé par l'insurrection victorieuse. De toutes parts les indigènes se soulevaient ; le pays entier était en pleine révolte. On ne parlait que de hameaux brûlés, de soldats tombés dans des embuscades, d'Européens taillés en pièces. Cette contrée, si riche et si belle, offrait l'image de la ruine et de la désolation. Voici comment un témoin oculaire s'exprime, à ce sujet dans une lettre.

« Tout le long de la rivière, les planteurs

d'indigo ont été tués, ainsi que les employés du
chemin de fer; leurs maisons ont été brûlées
et leurs propriétés détruites; il semblerait que,
dans chaque cantonnement, un terrible trem-
blement de terre a tout ébranlé et tout détruit,
car on a renversé jusqu'aux murailles des maisons. Cette œuvre a été rapidement accomplie.
Les cipayes se sont bornés à piller la tréso-
rerie, et à tuer leurs officiers; mais le peuple
a achevé l'œuvre de destruction. Tout gouvernement civil est, pour le moment, anéanti, et
tout le pays est en feu, car un village se lève
pour aller brûler son voisin plus faible, et pour
être lui-même traité de la même façon, avant la
fin de la nuit. Il y aura famine l'année pro-
chaine, car tout le monde maintenant craint de
se mettre au travail, et nous sommes à l'époque
des semailles; en sorte que les souffrances
de la population de l'Inde seront épouvanta-
bles. »

Comme on le voit, en ce malheureux pays,
on assassinait les gens, sans se préoccuper de
leur origine et de la caste à laquelle ils appar-
tenaient. Les Indous étaient exposés aussi bien
que les Européens; la révolte contre les Anglais
était un prétexte sous lequel s'exerçaient beaucoup de vengeances particulières. Les routes
étaient sillonnées de convois de fugitifs qui
cherchaient à gagner Calcutta; mais personne
ne se hasardait à voyager sans escorte, on se

renfermait prudemment chez soi, ou bien l'on se réunissait en caravanes.

Nadir, seul avec un enfant, dont l'origine Européenne était facile à reconnaître, malgré son déguisement, courait les plus grands périls ; aussi, il se décida à se mêler à une petite troupe d'Européens, qui l'avaient rejoint, et suivaient la même direction que lui. Il y avait, dans cette caravane, des femmes, des enfants et quelques hommes bien armés. Nadir se mit avec ceux-ci en tête du cortége qu'il fallait protéger, et Mary, heureuse de trouver de petites compagnes de son âge, prit place dans le fourgon qui renfermait les babies. La garde de cette bande enfantine était confiée à une jeune fille Anglaise appelée Fanny. Elle était gaie et rieuse, les enfants l'aimaient et la nommaient leur bonne. Elle était arrivée dans l'Inde, trois ans auparavant avec une dame dont elle était la femme de chambre. Cette dame venait de mourir, et Fanny retournait à Calcutta, où elle espérait s'embarquer le plus tôt possible. Elle avait hâte de retourner en Angleterre. Elle et Mary eurent bientôt fait connaissance, et le soir l'enfant s'endormit sur les genoux de Fanny, sans avoir pleuré en demandant sa mère, comme elle le faisait si souvent au grand chagrin de Nadir.

Le lendemain, à l'aube, il se trouva que la route était déserte, et que nulle habitation ne se montrait dans le lointain. Cette solitude parut être aux fugitifs un gage de sécurité , et l'escorte, qui formait l'avant-garde et l'arrière-garde du convoi , se relâcha un peu de sa vigilance. Tout était si calme et tellement silencieux qu'on ne voyait personne dans la campagne. Les rizières ondulaient comme un lac d'or fluide, les champs de cannes à sucre balançaient mollement leurs élégantes panicules , et formaient un immense tapis de brillantes aigrettes.

Mille oiseaux au plumage éblouissant chantaient dans les rameaux des tamarins.

Cette belle matinée éveillait dans l'esprit des fugitifs une foule d'idées riantes. Ils approchaient du terme du voyage, ils allaient atteindre le port et le salut. Les enfants jouaient entre eux , les hommes laissaient reposer leurs armes. On causait, on s'inclinait d'un côté à l'autre de la route, on était plein de courage et d'espérance.

La chaleur commençait à devenir importune, quand on aperçut, à quelque distance du chemin , un grand figuier centenaire , l'arbre mystérieux et révéré des Indous. Il fut décidé qu'on se reposerait à l'ombre de cet arbre, puisqu'il n'y avait pas d'habitations dans le voisinage. On conduisit les chars auprès du figuier, et l'on s'occupa à dresser des tentes entre les arcades. Quelques toiles étendues devaient suffire. Il y avait déjà à profusion d'élégants pilastres, et une splendide toiture de feuillage. L'arbre forêt, semblable à un grand nombre de colonnes, était le plus charmant caravansérail que l'on put souhaiter.

Fanny et les enfants confiés à ses soins choisirent la place la plus commode et la mieux abritée. Mais les babies, tourmentés par le besoin de courir et de se dédommager d'être restées si longtemps immobiles dans la voiture, refusèrent absolument de s'endormir. Il fallut que Fanny leur permit de visiter, dans toute son étendue, le figuier gigantesque — l'esprit des bois, comment le nomment les habitants de l'île de Sumatra.

A mesure que la troupe enfantine dépassait le tronc central, et s'avançait vers le nord, l'ombre devenait plus épaisse, et dans le fond l'obscurité était presque complète. Fanny s'en étonna, et fut curieuse de voir de près l'obstacle qui empêchait la lumière de descendre sous les rameaux du figuier. Celui-ci, semblait être entouré, de ce côté, par un mur immense. Bientôt Fanny remarqua de vrais pilastres en pierre, que les branches du figuier décoraient de leur feuillage frais et touffu; puis elle aperçut des roches énormes, façonnées à l'extérieur, et un portique à colonnes, disparaissant à demi sous les rameaux et les lianes entrelacées. Rien n'était plus étrange que cet édifice ainsi caché sous bois.

— C'est sans doute une pagode en ruines et depuis longtemps abandonnée , pensa Fanny

Les enfants désirèrent de visiter le portique de l'édifice, et leur jeune bonne ne vit aucun inconvénient à les conduire au milieu de ces ruines , comme elle appelait une construction solide et en fort bon état.

C'était curieux et bizarre. La surface inclinée des rochers, qui servaient de voûte à ce temple à demi souterrain , était couverte d'inscriptions et de bas-reliefs allégoriques. Les colonnes avaient pour base des figures de lions , de bœufs et d'éléphants. Un bœuf en marbre noir était placé sous le portail.

Ces sortes de temples se retrouvent dans toutes les parties de l'Indoustan. Le plus célèbre est celui d'Ellora.

Celui-ci avait pour vestibule une salle carrée taillée dans le roc.

Fanny entra résolument dans cette antichambre obscure. De là , elle put apercevoir l'intérieur de l'édifice. C'était une nef immense, souterraine, soutenue par des colonnes de granit.

Au milieu, était le naos ou sanctuaire. Des lampes allumées, placées dans des niches, répandaient une lumière douce et voilée. Des guirlandes de fleurs couronnaient les chapitaux des colonnes, et des draperies blanches fermaient les entre-colonnements du pourtour.

Les statues des principaux dieux ornaient ce temple. Brahma était représenté avec ses quatre têtes, dans une gigantesque fleur de lotus, qui, dit-on, lui servit de berceau.

Car, depuis la mythologie Indoue, Brahma, Vichnou et Siva ne sont pas éternels. Au-dessus d'eux, il y a Parabrahma ou Baghavan, le grand dieu qui ne se mêle point des affaires de ce monde.

Vichnou était figuré, dans ce temple, par une tortue soutenant la terre sur son dos, et Siva apparaissait, monté sur un tigre, jetant du feu par la bouche, ayant un diadème formé de crânes humains.

Brahma est le pouvoir créateur, Vichnou le pouvoir conservateur et Siva le pouvoir destructeur.

Fanny et les enfants regardaient avec curiosité l'intérieur de cette étrange pagode, lorsqu'un bruit de pas et de voix se fit entendre à l'autre extrémité de l'édifice, et des Indous

entrèrent un à un, par une porte souterraine,
et vinrent prendre place dans la nef. Fanny
n'eut que le temps de s'abriter derrière une
colonne et de faire sortir les enfants. Elle
regardait cette scène avec un grand intérêt,
et tenait beaucoup à savoir ce qui allait suivre. Les babies, très effrayés, n'avaient pas
besoin de recommandations pour garder le
silence. Ils se pressaient les uns contre les
autres en dehors de la pagode, et les plus
hardis osaient à peine appeler Fanny à voix
basse. Celle-ci, attentive et immobile derrière
la colonne, regardait sans qu'on put soupçon-
ner sa présence.

Les Indous, dans l'attitude de respect le plus
profond, et d'une soumission craintive,
écoutaient un brahmine qui leur parlait d'une
voix grave et solennelle. Fanny ne savait point
l'Indoustan et ne comprenait mot au discours
de l'orateur, mais elle remarquait que les au-
diteurs avaient des armes, et qu'ils les agitaient avec un farouche enthousiasme, lorsque
que le brahmine prononçait certaines phra-
ses plus énergiques et mieux accentuées que les
autres.

Assurément, celui qui parlait excitait ces
hommes à la révolte, contre les ennemis de
Parabrahma et des dieux inférieurs.

Glacée de crainte, Fanny demeura un instant sans force et sans courage, au pied de sa colonne ; puis soudain se ranimant par un violent effort, elle prit dans ses bras Mary Meltham, qui était la plus jeune des petites filles, fit signe aux autres enfants de la suivre, et courut rejoindre ses compagnons, auxquels, en peu de mots, elle raconta ce qu'elle venait de voir.

X

LE COMBAT.

sans perdre une minute , malgré la chaleur croissante , la caravane se remit en marche. Il était urgent de s'éloigner au plus vite d'un endroit aussi dangereux.

Les hommes reprirent leurs places en tête de la troupe, les enfants se blottirent dans les chars, et Mary s'endormit sur les genoux de Fanny.

La route était toujours déserte , les rizières ondulaient toujours au soleil , et toujours les cannes à sucre balançaient mollement leurs aigrettes éblouissantes.

Les dames avaient sans cesse les yeux fixés sur la campagne, afin de s'assurer qu'on ne les poursuivait point. L'une d'elles dit tout-à-coup, d'un air de surprise inquiète.

— Ne trouvez-vous point que les panicules des cannes à sucre et les épis des rizières sont plus agités que de coutume? Néanmoins, il n'y a pas de vent, pas la plus légère brise.

Personne ne répondit. On regardait.

Les épis se balançaient de plus en plus; les panicules se courbaient et se relevaient avec des mouvements brusques, inégaux, saccadés.

— Il y a un tigre dans les rizières, s'écria l'une des fugitives.

— Un! Il y a en cent, répliqua Nadir qui, en sa qualité d'indigène, n'ignorait point les habitudes des Indous, et devinait à quoi il fallait attribuer le balancement étrange des épis. — Les hommes que miss Fanny a vus dans la pagode souterraine nous ont poursuivis. Ils sont là, cachés dans les rizières et les plantations.

Avant qu'il eut achevé, une grêle de balles siffla à ses oreilles, les Indous sortirent des champs, les fugitifs se mirent en état de défense, et le combat commença, meurtrier et inégal; mais si les Européens n'étaient point aussi nombreux que leurs ennemis, ils défendaient la vie de leurs femmes et de leurs enfants, et cette pensée, qui leur inspirait un courage sur-humain, les eut décidés à se faire massacrer tous, plutôt que de se rendre prisonniers. Il n'était pas d'étrangers, dans tout l'Indoustan, qui ne préférât la mort à cette destinée affreuse de devenir captif des Indous.

En cette circonstance, la courageuse petite troupe remporta un succès complet sur les adorateurs de Brahma. Ceux-ci furent obligés de fuir, en abandonnant deux des leurs sur le champ de bataille, et en emportant une dizaine de blessés. Du côté des Européens, il y avait plusieurs blessés; mais il n'y avait qu'un seul mort; c'était le brave et fidèle Nadir. Il avait payé pour tous. Les Indous, furieux de voir un des leurs combattre contre eux, s'étaient promis que celui-là du moins recevrait le châtiment de sa trahison, comme ils nom-maient le dévouement du pauvre Nadir, et toutes les armes s'étaient dirigées vers le malheu-reux qui tomba bientôt, frappé mortelle-ment.

Deux hommes s'étaient chargés de veiller sur les femmes et sur les enfants. Ils avaient emmenés les chars à quelque distance, et tant que dura le combat, les mères pressant leurs enfants dans leurs bras, prièrent Dieu de protéger leurs défenseurs. Après la bataille il fallut panser les blessés.

6

C'est alors qu'on reconnut que le père de la petite Indoustane avait cessé de vivre. On croyait que Nadir était véritablement le père de Mary. Il l'appelait sa fille. Elle avait le costume et le teint doré des enfants Indous, elle parlait et comprenait l'Indoustan, personne ne supposait que c'était une petite Européenne, qui voyageait avec le mari de sa nourrice.

On cacha la mort de Nadir à la pauvre abandonnée, et comme il avait l'habitude de marcher en tête du cortége, elle ne s'étonna point de ne pas le voir; seulement avant de s'endormir elle demanda pourquoi il ne venait pas lui souhaiter la bonne nuit, selon son habitude.

Fanny l'embrassa en pleurant.

— C'est moi dit-elle, qui veillerai désormais sur ton sommeil. Je serai ta mère et ta sœur ; je ne t'abandonnerai jamais.

— J'ai déjà une mère, répliqua vivement Mary.

— Où est-elle, pauvre enfant? Pourquoi t'a-t-on séparée d'elle ?

— Ce sont les soldats... Ils criaient ; maman pleurait... Elle m'a embrassée et m'a dit : Il faut être bien sage et ne point te débattre. Nadir va t'emporter pour que les soldats ne t'enlèvent point. Moi j'irai te rejoindre, si Dieu le permet.

— Et elle n'est pas venue ?

— Non, elle n'est pas venue: Nadir l'a pourtant attendue longtemps.

— Ah! pauvre enfant, il est facile de deviner ce qu'est devenue ta mère, murmura Fanny en pressant la petite fille contre son cœur.

Quelques jours après, les fugitifs étaient en sûreté à Calcutta. L'insurrection ne pouvait atteindre cette cité superbe et presque entièrement Européenne.

Là était le port, là était le salut.

Des secours attendaient les infortunés qui avaient échappé à la fureur des Indous, et des navires emmenaient en Angleterre les veuves et les orphelins, à mesure qu'ils arrivaient dans la ville. Si le dénuement des fugitifs était affreux la charité était admirable, et il n'était pas de souffrances qu'elle ne trouvât moyen d'alléger.

XI

SIÉGE DE DELHI.

Après avoir fait de minutieuses recherches dans les environs d'Agra, et même dans l'intérieur de la ville, pour essayer d'obtenir des renseignements sur la petite Mary et sur son guide, le major Ward se décida à se rendre au camp devant Delhi, afin de s'assurer si Nadir n'aurait point conduit l'enfant à son malheureux père. Depuis plusieurs jours on était sans nouvelles du capitaine Meltham.

Pendant ce temps Madame Meltham devait rester dans le fort où Niza veillait sur elle avec un dévouement sans égal. Ces deux mal-

heureuses femmes, brisées par le même chagrin, et tourmentées par les mêmes inquiétudes, n'avaient d'autre consolation que de
parler ensemble des êtres chers qu'elles avaient
perdus et qu'elles espéraient revoir. Cialy, trop
jeune encore pour comprendre toute l'étendue
de la perte qu'elle avait faite, n'oubliait point
son père et sa sœur de lait, et demandait souvent s'ils ne reviendraient pas bientôt.

A mesure que le major Ward s'approchait
de Delhi, il s'effrayait davantage de la tâche
qu'il avait à remplir. Quel coup terrible il allait
porter au capitaine en lui apprenant la disparition de Mary! Parfois il avait envie de
revenir sur ses pas sans avoir vu M. Meltham;
puis il songeait à cette mère qui attendait son
retour avec impatience, et se rattachait de
toutes ses forces à l'espoir que Nadir avait
conduit l'enfant au capitaine. La chose n'était
nullement impossible. Il fallait s'assurer si elle
était vraie. Quelle joie pour tous, si Mary se
trouvait en effet sous la protection de son
père!

C'était un singulier spectacle, que celui que
présentait la petite armée anglaise campée
devant Delhi. Les bengalow en chaume des
domestiques indigènes, les parcs d'artillerie,
les échoppes, les bazars, et, plus loin dans
la plaine, les troupeaux de bœufs, de chevaux,
de chameaux, destinés à porter les bagages,
toutes ces choses, groupées dans un désordre

pittoresque, offraient le tableau le plus singulier qu'on put voir.

Les combattants présentaient le même coup d'œil varié et bizarre. Jamais il n'y eut armée plus disparate.

En première ligne venait le soldat anglais avec son léger costume de toile grise, puis les Sikhs et les Afgans avec leurs turbans rouges et bleus, leur air farouche, leurs faces bronzées; puis les guides indigènes avec leur barbes de zouave, leurs turbans, leurs tuniques, leurs baudriers, leurs chevaux indous sellés à la française. C'était une scène animée, curieuse et émouvante.

Il y avait au camp un certain nombre de fugitifs européens qui étaient venus se mettre sous la protection de l'armée Anglaise. Celle-ci avait repris un nouveau courage et combattait vaillamment. On était convaincu que la discorde régnait dans la ville assiégée, que la famine la menaçait, que l'argent manquait, que les munitions étaient épuisées, qu'il y avait quatre ou cinq commandants en chef, et que le temps approchait où la place serait obligée de se rendre.

Le capitaine Meltham fut extrêmement surpris, et un peu inquiet en reconnaissant son oncle le major; néanmoins il prit un air gai, et vint à lui le sourire sur les lèvres.

— Vous m'apportez de bonnes nouvelles,

n'est-ce pas, mon oncle? lui dit-il. Ma femme et ma fille vont bien, elles sont en sûreté?

— Madame Meltham est en sûreté et bien portante, répliqua gravement M. Ward.

— Et Mary? s'écria le capitaine, serait-elle malade? Parlez-moi de Mary, mon oncle.

— Je venais vous demander de ses nouvelles, repartit le major avec la même gravité triste.

Le capitaine pâlit et chancela; c'était pourtant un homme fort. M. Ward, qui comprenait ce qu'il devait souffrir, se hâta de lui apprendre ce qu'on savait sur le sort de Mary. Ce récit n'était point fait pour rassurer le malheureux officier; cependant il essaya de surmonter ses angoisses, et de se persuader que sa fille était vivante et ne courait aucun risque.

— Nadir a dû la conduire à Bénarès, comme je lui en avais donné l'ordre, dit-il. Elle est chez vous, mon oncle... oui, elle doit y être... Où serait-elle? Si cruels que soient nos ennemis, ils ne peuvent faire de mal à une enfant de cet âge... D'ailleurs, elle est sous la protection de Nadir.... On croit qu'elle est sa fille... Elle portait, dites-vous, les vêtements de sa sœur de lait? Alors, c'est positif, on a dû la prendre pour une petite Indoustane. Elle n'a pas le teint blanc, vous savez...

Chère enfant, elle nous attend à Bénarès!

Partez, mon oncle, je vous en prie, con-conduisez ma femme auprès de sa fille. Moi, je ne puis abandonner mon poste, mais dès que la ville sera prise, je demanderai un congé et j'irai vous rejoindre tous... En attendant, écrivez-moi, de grâce, dès que vous aurez quelque nouvelle... le plus léger indice... écri-vez-moi, lors même que vous ne saurez rien, pour me dire que la situation est toujours .la même.

Le major partit, emmena Madame Meltham à Bénarès, et écrivit souvent au capitaine, comme celui-ci l'avait désiré. Toutes ses lettres commençaient par la même phrase : « Pas de nouvelles de Mary ; la pauvre mère va bien, elle n'a couru aucun danger sérieux. Nous espérons être bientôt sur les traces de Nadir. Ma pro-chaine lettre, croyez le bien, vous donnera quel-ques détails plus rassurants. » Et la prochaine lettre commençait encore par ces mots déso-lants : « Pas de nouvelles de Mary. »

XII

PRISE DE DELHI

Vers le huit septembre, de nouvelles troupes arrivèrent au camp devant Delhi, et le onze, on commença à bombarder la ville. Les rebelles abandonnèrent les fortifications, ou ne répondirent que faiblement au feu des assiégeants. Pendant trois jours, l'artillerie et la mousqueterie exercèrent leurs ravages.

Enfin les travaux de défense parurent assez démantelés pour permettre de tenter l'assaut.

Le premier bastion qui tomba au pouvoir des Anglais s'appelait le bastion de Cachemire.

L'explosion de la porte de Cachemire devait être le signal de l'assaut. Sous le feu de l'ennemi, un officier Anglais s'approcha de cette porte, suivi de trois sergents chargés de sacs de poudre.

Un des sergents fut tué, et l'officier blessé au bras. Il continua d'avancer. Une vingtaine de fusils étaient braqués sur ces trois braves, par des ouvertures pratiquées dans la porte, et par les meurtrières des murailles. Ils avançaient toujours, et ils parvinrent à fixer leurs sacs contre les pointes dont la porte était hérissée.

L'officier reçut un coup de feu à la jambe et tomba. Le second sergent fut criblé de coups de feu au moment où il allumait la mèche ; le troisième sergent revint sain et sauf au milieu de ses camarades. Une explosion formidable se fit entendre et la porte tomba.

La colonne d'assaut s'élança dans la place s'empara des bâtiments voisins de cette porte, et s'avança peu à peu dans l'intérieur de la ville.

L'ennemi, voyant que toute résistance était inutile, battait en retraite ; les femmes et les enfants s'embarquaient dans des canots et fuyaient sur la Djemna.

Il fallut six jours aux Anglais pour s'emparer de la ville entière. Elle présentait l'aspect le plus triste et le plus navrant. Partout des cadavres, des maisons brûlées, des édifices en ruines.

Le roi et la reine, abdiquant leur royauté éphémère et pleine de périls, virent leur palais envahi, et se rendirent aux Anglais, sur la promesse qu'ils auraient la vie sauve. Les fils et le petit fils du roi, qui avaient participé complètement à la révolte, furent fusillés.

Dans une lettre, datée du palais de Delhi, un officier anglais a raconté fort en détail, une visite qu'il avait faite à la famille royale captive.

« Nous avons vu le roi et la famille royale, écrivait-il. Ils sont dans de petites chambres délabrées. Le vieux roi paraît fort débile. Plusieurs de nos dames ont eu un long entretien avec la reine. Elles l'ont trouvée assise sur une couchette commune, vêtue de coton blanc, et ne portant que des ornements sans valeur, car on lui a pris ce qu'elle avait de plus précieux. Elle avait autour d'elle une trentaine de femmes, parentes et domestiques. Elle affirmait que le roi avait été impuissant à réprimer la rebellion, et forcé d'obéir aux cipayes. Elle prétendait que ses femmes avaient donné asile, dans le palais, à des enfants et à des dames anglaises, au moment du massacre des européens ; mais que les insurgés avaient demandé ces malheureux, et qu'il avait fallu les leur abandonner. »

Malgré la défense des officiers ; les soldats anglais, qui avaient pris la ville, se plurent à détruire les objets les plus rares et les plus précieux. Il y avait, au palais des Grands-Mogols, une baignoire dont on parlait avec admiration dans tout l'Indoustan. Elle était taillée et sculptée avec un art extrême dans un seul bloc d'agathe. Les soldats la brisèrent, et se partagèrent les morceaux.

Ils montraient une grande habileté à détacher, avec la pointe de leurs baïonnettes, les pierres précieuses incrustées dans le marbre des murs et des colonnes.

Ce palais de Delhi est véritablement une merveille. Les portes ont de riches ornements de cuivre et d'autres métaux.

La salle d'audience, qui mesure cent cinquante pieds de longueur, a un toit en terrasse en marbre d'une blancheur éclatante. Des voûtes, des colonnes de marbre donnent à cette salle un aspect tout particulier. Ce marbre, travaillé comme une cire molle, est incrusté des plus riches et des plus fantastiques arabesques. Les fruits et les fleurs sont représentés par des pierres précieuses, telles que les améthytes, les cornalines, les topazes.

Cependant il y a quelque exagération, on en conviendra dans cette phrase pompeuse inscrite sur chaque porte, avec des pierreries en caractères hiéroglyphiques : « S'il y a un paradis sur la terre, c'est ici, c'est ici. »

Le magnifique pavé a été détruit il y a longtemps. On ignore aussi c'est qu'est devenu le trône des Paons, sur lequel le Schah-Jehan s'assit pour la première fois, à l'occasion de la naissance de son petit-fils. On avait employé sept ans à le faire, et le prix des bijoux qui le décoraient, ne s'élevait pas à moins de trente millions.

Parmi les officiers anglais blessés au moment de l'assaut, se trouvait le capitaine Melham. Sa blessure, sans être mortelle, était doulou-reuse et avait une certaine gravité. Il eut été bientôt guéri pourtant, si à ses souffrances physiques, ne se fut joint le plus violent chagrin qu'il put éprouver : celui qui lui causait la disparition de sa fille.

Pendant quelques semaines, il fut en proie à une fièvre ardente, occasionnée surtout par les tortures morales qu'il ressentait. Néanmoins, afin de ne pas donner à Madame Meltham de nouvelles inquiétudes, il eut la force de lui écrire quelques lignes, pour lui dire qu'il était légère-ment blessé, mais qu'il espérait être bientôt en état de pouvoir aller la rejoindre à Bénarès.

XIII

ARRIVÉE A CALCUTTA. — DÉPART POUR L'EUROPE.

Six semaines après ces événements, Monsieur et Madame Meltham, le major Ward, Niza et Cialy, étaient réunis à Calcutta, et cherchaient vainement à découvrir ce que Nadir et la pauvre Mary étaient devenus. L'Indoustane n'avait plus d'espérance, et pleurait la mort de son mari. Elle savait bien que s'il eut été vivant, la maladie elle-même n'eut pu l'empêcher de venir les rejoindre. Il était impossible de supposer que les rebelles le retenaient en captivité. Beaucoup d'indigènes avaient été massacrés pendant la révolte; mais il était sans

7

exemple que les Indous eussent retenu prisonnier un homme de leur race et de leur culte.

Madame Meltham ne partageait point les pressentiments funèbres de Niza. Elle espérait toujours, elle parlait d'explorer l'Inde entière pour retrouver sa chère Mary.

Le premier soin de ces infortunés avait été de s'informer des noms de tous les fugitifs qui, pendant l'insurrection, avaient trouvé un refuge à Calcutta.

Le gouvernement avait une liste assez exacte, dressée surtout pour les veuves et les orphelins. On la consulta. Le nom de Nadir n'y était point; en revanche, celui de Mary s'y trouvait plusieurs fois.

— Mary Dowd, Mary Aulay, Mary Prior, lisait l'employé chargé de dresser ces listes.

M. et Madame Meltham, qui l'écoutaient avec anxiété, secouaient tristement la tête, et, lui poursuivait d'une voix indifférente et monotone :

— Mary... pas d'autre nom, enfant de cinq ans.

— C'est ma fille ! s'écria Madame Meltham.

— Notre fille n'a pas que trois ans, fit observer lo capitaine.

— Mais elle est grande et forte pour son

âge, reprit vivement la mère. On a bien pu supposer qu'elle avait un ou deux ans de plus. Où est en ce moment cette jeune Mary, Monsieur?

— Ici même, reprit l'employé... Elle est dans un hospice.

On alla bien vite à l'hospice indiqué. Mary était une petite blonde, sauvage et timide, qui courut se cacher, en apercevant une belle dame tout émue, qui entrait avec impétuosité en disant :

— Où est-elle? Où est Mary? Où est ma fille?

Ce n'était pas sa fille, hélas! Il fallut retourner auprès de l'employé, et consulter de nouveau les listes. Il y avait encore trois enfants de l'âge de Mary Meltham, et désignées sous ce seul prénom de Mary. Toutes trois étaient orphelines. L'une avait été amenée à Madras par une dame veuve qui voulait l'adopter. La seconde avait été recueillie par une famille française qui habitait Chandernagor. La troisième avait été conduite en Angleterre par une jeune fille pauvre et d'humble condition, mais qui aimait beaucoup l'enfant, et qui avait manifesté l'intention de ne point se séparer d'elle.

A tout hasard, on prit le nom et l'adresse de

cette jeune fille, dont la famille habitait un petit village du comté de Chester, et M. Meltham s'empressa d'écrire aux protecteurs des deux autres Mary. Ni l'une ni l'autre n'était sa fille, comme il put s'en convaincre, en lisant les réponses qu'on lui adressa.

Le malheureux capitaine souffrait toujours de sa blessure; la santé de Madame Meltham était devenue bien mauvaise. Les médecins leur ordonnaient, à tous deux, de retourner en Angleterre aussitôt que possible. Ceci s'accordait bien avec leurs intentions. Ils désiraient vivement de voir cette jeune fille qui avait emmené une orpheline, nommée Mary, dans le comté de Chester.

Le major Ward promettait de faire de son côté les recherches les plus actives dans l'Indoustan tout entier. Le capitaine donna sa démission, et ramena sa femme en Angleterre. Lorsqu'ils y arrivèrent, il y avait dix huit mois environ que Mary et Nadir avaient disparu.

Il faut maintenant nous reporter à l'époque où Fanny arriva à Calcutta avec Mary Meltham. La pauvre petite ne pouvait dire le nom de ses parents. Elle parlait de sa mère et des soldats, mais Fanny était toujours persuadée que l'enfant était orpheline. Les hospices se trouvaient encombrés, et, d'ailleurs, la bonne jeune fille ne pouvait se résoudre à déposer, dans un hospice, l'enfant qu'elle aimait de tout son cœur. Après avoir passé quelques semaines à Calcutta, elle revint en Angleterre, et y ramena avec elle la douce Mary.

Le gouvernement Anglais, du reste, pressait toutes ces malheureuses victimes de la révolte, de s'embarquer sans retard sur les navires qu'il mettait à leur disposition.

XIV

EN ANGLETERRE.

Une jeune fille en deuil, qui tenait dans ses bras un enfant de trois ans environ, gravissait à pied la montagne qui domine le village de Nunnelly, dans le comté de Chester, en Angleterre.

Parvenu au sommet de la colline, la voyageuse s'arrêta un instant, pour contempler, avec une douce émotion, le paysage qui se déroulait devant elle.

Elle semblait vouloir acquérir la conviction que chaque objet était tel qu'elle l'avait laissé,

laissé, tel qu'elle espérait le revoir. Et rien, en effet, ne manquait au tableau, toujours si présent à son imagination : Ni les vieux arbres sur la place du village, ni les rocs arides que le soleil faisait resplendir, ni l'antique clocher au profil aigu, ni les jolis cottages entourés d'ombre et de verdure, ni la forêt sombre, ni l'élégant château, dont l'imposante silhouette se découpait dans l'air bleu.

Elle examinait ces choses avec attendrissement. Ses yeux attentifs suivaient le vol gracieux des pigeons domestiques, et les spirales capricieuses de la fumée qui s'échappait des toits moussus. Elle aspirait avec délices les senteurs pénétrantes des genévriers, et les fugitifs parfums qu'exhalaient les plantes sauvages.

— Oui, oui, c'est bien cela, murmurait-elle. Rien n'est enlevé ; rien n'a été détruit. — Mary, disait-elle à l'enfant, voici Nunnelly dont je t'ai tant parlé. Cette grande maison en face de nous — la dernière du village du côté du nord — c'est la ferme que mon frère habite, le logis qui nous recevra toutes deux. Tu verras combien nous serons heureuses dans cette paisible demeure. Cinq ou six enfants, mes neveux et mes nièces, joueront avec toi tant que durera le jour. Ne te tarde-t-il pas de les voir, ces chers petits ? Attends quelques minutes... Ils vont accourir auprès de nous, dès qu'ils nous apercevront. Quant à mon frère et à ma belle-sœur, je n'ai pas besoin de te dire avec quelle affection ils nous recevront. Si jeune que tu sois, tu peux te figurer ces choses. Mais il faudra être gaie et contente, ne plus pleurer, ne plus appeler ta maman qui est dans le ciel. Tu me comprends, Mary ? La petite fille ne comprenait guère ; elle sommeillait à demi, sa tête brune appuyée sur l'épaule de la jeune femme. Celle-ci la regarda, l'embrassa avec tendresse et reprit :

— Elle est accablée de fatigue; je serai obligée de la porter jusqu'à Nunnelly. Heureusement qu'elle est légère comme une petite fauvette. En parlant ainsi ; elle se remit en marche, et descendit la colline, au pied de laquelle est situé le village de Nunnelly. Elle le traversa dans toute sa longueur, et vint s'arrêter en face de la ferme qu'elle avait désignée à l'enfant.

Cette jeune fille était Fanny, l'humble protectrice de Mary Meltham, et le baby qu'elle tenait dans ses bras était Mary elle-même, toujours douce et obéissante; mais bien pâle, bien maigre et bien changée.

Trois ou quatre enfants, qui jouaient avec bruit dans la cour, s'interrompirent à l'aspect de cette jeune fille en deuil qui avait l'air si triste. Le plus âgé des bambins, un grand garçon de dix à douze ans, regarda l'étrangère avec une attention soutenue , puis il rentra dans la maison en criant d'une voix glapissante.

— Papa , il me semble bien que voici ma tante Stéphanie.

— Ah bah! quelle absurdité! Tu sais comme moi que ta tante n'est pas en Angleterre , répliqua le maître du logis qui s'avança nonchalamment sur le seuil.

La voyageuse courut à lui avec empressement.

— Mon frère , dit-elle , c'est bien moi , c'est bien votre sœur Fanny ; l'enfant ne s'est pas trompé.

Le fermier la regardait d'un air surpris , sans même songer à l'embrasser.

— William reprit-elle d'un ton de doux reproche , William, est-ce que vous ne me reconnaissez pas ?

— Ah si ! fit-il. Mais je ne m'attendais guère à ta visite. Comment se fait-il que tu arrives seule, à pied ?

— J'ai quitté le chemin de fer, et j'ai laissé mes bagages à la station, mon frère.

— Et tu arrives des Indes?

— Oui, mon frère , des Indes où j'ai bien souffert.

— Mais de qui donc portes-tu le deuil? Tu n'avais ni parents, ni amis là bas?

— Vous oubliez mes maîtres, William, ils sont morts, et comme ils ont été bons pour moi, j'ai cru devoir me vêtir de deuil, en souvenir d'eux.

— Tu as un bon cœur. Fanny, je l'ai toujours dit. Et cette enfant est sans doute la fille de tes maîtres?

— Non, mon frère, ils n'avaient pas d'enfants.

— C'est leur nièce peut-être?

— Point du tout, William.

— Alors à qui appartient-elle?

— Je l'ignore. Tout ce que je puis dire, c'est qu'elle a perdu ses parents l'automne dernier, pendant l'insurrection, — vous avez ouï parler de la révolte des cipayes, William? — C'est en fuyant à Calcutta, que j'ai recueilli cette orpheline abandonnée.

— Est-ce possible, Fanny? Tu nous amènes une enfant inconnue, dont tu ne sais ni le nom, ni la patrie? s'écria William en regardant avec stupéfaction la malheureuse petite Mary.

— Mon frère, repartit doucement la petite fille, fallait-il abandonner ce cher ange à la mort horrible qui l'attendait?

— Non certes ; seulement la pauvre enfant a peut-être des parents qui la pleurent, et qui seraient heureux de la revoir.

— C'est peu probable. Son père a été tué sous mes yeux, et, d'après ce qu'elle a pu me raconter, j'ai compris que sa mère, au moment d'être massacrée par les cipayes, est parvenue à faire évader cette chère enfant. Enfin, nous voici pauvres et sans appui, mon cher William, refuserez-vous de nous recevoir dans votre maison ?

— Tu ne le supposes point, Fanny; tu sais bien que je t'aime; mais quant à l'enfant...

— Elle m'est aussi chère que si elle était ma fille, interrompit vivement la bonne Fanny.

— C'est possible, mais tu ne peux exiger que j'aie, à son égard, des sentiments aussi paternels... Et puis, je ne suis pas tout-à-fait le maître chez moi... Il y a ta belle-sœur, ma femme Marguerite...

— Croyez-vous qu'elle ne voudra point donner une petite place au logis à cette chère enfant ?

Le fermier secoua la tête.

— Il vaudrait mieux que tu fusses seule, dit-il. L'année n'a pas été bonne, nous sommes obligés de nous imposer de grandes privations... Pourquoi ne conduirais-tu pas cette petite dans un hospice ?

— Jamais, s'écria Fanny, je l'aime et je ne

veux point l'abandonner. Puisque vous pensez, mon frère, que Marguerite refuserait de nous recevoir toutes deux, soyez assez bon pour la décider à accueillir l'enfant. Moi, je reprendrai mon emploi de femme de chambre, et mes gages serviront à payer la pension de cette pauvre petite... comme cela, elle ne vous sera point à charge, au contraire.

Bien, bien, fit William d'un ton plus doux, je vois que les choses finiront par s'arranger. Je ne demande pas mieux que d'être utile à cette petite. Comme elle me regarde d'un air intelligent !... Je gage qu'elle comprend ce que nous disons... Quel âge peut-elle avoir ? Trois ou quatre ans au plus.

C'est qu'elle est fort jolie, malgré son teint brun et sa maigreur... Mais qu'est-ce donc que ce bijou qui brille sous sa collerette ? On dirait une chaîne d'or.

— C'en est une en effet, mon frère... voyez, dit Fanny qui souleva le fichu de l'enfant.

— Bon, j'espère que ce n'est toi qui lui as fait un semblable cadeau ?

— Oh ! assurément non. Cette chaîne et ce médaillon ont été passés au cou de Mary par ses parents. Elle me l'a dit-elle même. — N'est-ce pas, mignonne ? ajouta la jeune fille en regardant l'enfant avec tendresse.

— Oui, répliqua celle-ci, c'est maman qui m'a fait ce cadeau, en me recommandant de le gardertoujours à mon cou, et de n'en parler à personne. William ouvrit le médaillon; il renfermait le portrait d'une dame au teint bruni par le soleil de l'Inde.

— C'est sans doute la mère de ce petit ange, dit-il. Comme elles ont toutes deux la peau brune !

— Oh ! dit Fanny, le père avait le teint bien plus foncé encore.

Mary les regardait avec étonnement, et ne les comprenait plus. Un peu inquiète, elle retira le médaillon des mains de William, et le cacha soigneusement sons sa guimpe; puis elle accompagna timidement Fanny, qui entrait enfin dans la maison.

XV

LA FERMIÈRE.

Comme William l'avait prévu, Marguerite la fermière, qui était une méchante femme, avide et acariâtre, se décida difficilement à garder l'enfant chez elle. Peut-être même eut-elle refusé tout à fait de la recevoir, si Fanny ne se fut empressée de déclarer que la pauvre petite fille ne serait point à la charge des fermiers, et que celle qui l'avait amenée dans cette maison saurait pourvoir à ses besoins.

— A votre aise. dit aigrement Marguerite.

Nous élèverons l'enfant, si vous voulez nous dédommager de nos soins, et payer la dépense Vous êtes parfaitement libre de travailler, pour faire vivre une étrangère, lorsque vos nièces et vos neveux ont à peine le nécessaire.

— L'argent que je vous donnerai profitera, non-seulement à Mary, mais encore à mes neveux et à mes nièces, répliqua la bonne Fanny. Puisque vous me promettez de veiller sur ma petite orpheline, je vais, sans perdre de temps, chercher un emploi de femme de chambre à Londres.

Il ne lui fut pas difficile de s'en procurer un tel qu'elle le désirait, et la pauvre Mary demeura seule chez ces étrangers qui ne l'aimaient point.

Il y avait un peu plus d'un an qu'elle habitait la ferme, lorsque M. et Madame Meltham revinrent en Angleterre. Ils n'y retrouvèrent que des parents éloignés et quelques anciens amis.

Le premier soin du capitaine fut de s'informer dans quelle partie du comté de Chester était situé le village de Nunnelly. Précisément le château de Nunnelly était en vente. M. Meltham l'acheta, espérant qu'après s'être fixé dans le pays, il lui serait plus facile de découvrir la jeune fille, qui avait ramené des Indes une petite orpheline.

Dès le jour de son arrivé, il questionna à ce sujet l'ancien régisseur du château. Celui-ci

ne connaissait personne du village de Nunnely
qui fut allé aux Indes. Quant aux orphelines,
il y en avait bien sept ou huit au village, les
hospices ayant l'habitude de confier quelques-
uns de leurs enfants aux paysans qui con-
sentent à se charger d'eux, moyennant une
faible rétribution.

M. Meltham ne se laissa point décourager
par cette réponse. La jeune fille, dit-il au régisseur se nommait Fanny Smith.

— Fanny Smith, répéta lentement le régisseur. Je ne sache personne qui porte ce
nom. Il y a bien, à Nunnely, un fermier
appelé William Smith; mais sa femme se
nomme Marguerite, et n'est point allée aux
Indes.

— Ses filles, peut-être? dit vivement M. Meltham.

— Ses filles! Oh! non, Monsieur. Elles sont
fort jeunes, elles n'ont jamais quitté la maison
paternelle, et aucune d'elle ne porte le nom de
Fanny.

— Ce... William a-t-il des parentes? demanda encore M. Meltham.

— Je ne lui en connais point, repartit le
régisseur, qui n'avait pu voir Fanny, laquelle
n'était demeurée que deux ou trois jours à la
ferme.

— N'importe, dit M. Meltham, j'irai moi-

même demain chez cet homme , ce William
Smith.

Ce fut Marguerite qui reçut le capitaine.
William était absent, et ne devait rentrer au
logis que la semaine suivante.

— Il n'est pas absolument nécessaire que je
parle à votre mari, lui dit M. Meltham. Vous
pouvez aussi bien que lui, me donner les renseignements dont j'ai besoin.

— Me voici tout à vos ordres, Monsieur, repartit cette femme, qui, à ce mot de renseignements , avait été prise d'une vague inquiétude. Les gens de la campagne n'aiment point
à être questionnés, et se figurent aisément qu'on
ne cherche à s'immiscer dans leurs affaires,
qu'avec l'intention de leur nuire.

— Combien avez-vous d'enfants? demanda
M. Meltham.

— Six, reprit-elle de plus en plus étonnée.

— Sont-ils tous à vous?

— Assurément , Monsieur , dit Marguerite
d'une voix mal affermie.

— Vos filles sont fort jeunes?

— Ce sont des enfants encore. L'aînée entre
à peine dans sa quatorzième année.

— Votre mari a des sœurs, peut-être?

— Oui, Monsieur, il en a plusieurs.

— Comment se nomment-elles?

— Qui donc, Monsieur! Les sœurs de mon mari? Vraiment je ne vois pas en quoi cela peut intéresser Monsieur.

— Mais vous ne trouvez pas d'inconvénients, j'espère, à répondre à ma question?

— Oh! pas du tout, Monsieur, répliqua Marguerite, qui se dit, à part elle : Evidemment, une des sœurs de mon mari a fait quelque chose de répréhensible, et ce Monsieur est de la police; il faut que je me tienne sur mes gardes. — L'une de mes belles-sœurs, reprit-elle tout haut, est mariée à John Flint, jardinier à Chester, une autre est en condition à Londres, une autre...

— Mais leurs prénoms? interrompit M. Meltham. L'une d'elles se nommerait-elle Fanny?

— Stéphanie, Monsieur, et non Fanny. Il fit un mouvement de surprise joyeuse qui n'échappa point à Marguerite, et la rendit encore plus circonspecte.

— Cette Fanny, ou Stéphanie est allée aux Indes, n'est-ce pas continua le capitaine.

— Non, Monsieur, reprit hardiment Marguerite, qui savait que sa belle-sœur avait beaucoup voyagé, mais qui n'était pas exactement fixée sur le but de ces voyages.

Elle remarqua que cette réponse avait produit un grand effet sur son interlocuteur, et

elle s'applaudit d'avoir montré autant de pru-
dence.

— M. Meltham avait baissé la tête avec
accablement ; mais il la releva bientôt et
dit :

— Ne pourrais-je parler à cette jeune personne?... à miss Fanny Smith?

— Mais oui, Monsieur; si vous voulez prendre la peine d'aller à Londres, où elle est en
condition, comme j'ai eu l'honneur de vous le
dire.

— Alors ayez l'obligeance de me donner son
adresse.

— Je ne l'ai point, Monsieur; mais dès que
mon mari sera de retour, il s'empressera de
vous indiquer la demeure de sa sœur à Londres.

XVI

DANS LA PRAIRIE.

Il était nuit lorsque M. Meltham revint dans son château. Pour abréger le chemin, il traversa une prairie qui s'étendait depuis la route, jusqu'à la ferme de William Smith. Il était seul, à cheval, et ne se pressait point, car c'était une des plus belles soirées qu'on put voir.

Pas un nuage n'altérait la pureté du ciel tout scintillant d'étoiles. Les hôtes des bois et des prairies semblaient dormir à peine. De temps à autre les oiseaux nocturnes passaient dans les branches touffues des vieux arbres, et dessinaient de grandes ombres, sur la terre éclairée par la lune.

A l'horizon, brillaient quelques fugitives lueurs, et les cigales, trompées peut-être par ces clartés passagères, chantaient comme en plein jour.

Les rainettes coassaient dans leurs mares, annonçant, pour le lendemain, une journée sereine, et des milliers de scarabées se traînaient dans l'herbe, en faisant miroiter leurs élytres aux rayons de la lune.

A quelques mètres de la ferme de William Smith, M. Meltham aperçut une petite fille extrêmement bizarre, assise sur un quartier de roc.

Sept ou huit étincelles, brillantes et mouvantes, éparpillées dans ses cheveux, la faisaient ressembler au feu follet des marécages.

Lorsque le capitaine passa, l'enfant se leva pour le saluer, et les vers luisants, placés dans sa chevelure, tombèrent sur la pelouse humide comme dans un écrin. M. Meltham crut qu'il était accosté par une petite mendiante, et lui tendit une pièce de monnaie. Elle ne la prit pas, et se recula par un mouvement vif, qui ne manquait ni de grâce, ni de fierté.

Le capitaine surpris s'arrêta, et la regarda plus attentivement. C'était une gentille enfant de cinq ans environ, très brune, très pâle et très maigre. Elle avait l'air souffrant, mais ses grands yeux noirs étaient fort beaux.

— Que fais-tu donc ici, pauvre fille, à cette heure? lui demanda M. Meltham avec bienveillance.

Elle balbutia quelques mots inintelligibles.

— Je ne comprends pas, dit-il. Parle plus haut, et apprends-moi pourquoi tu es seule, dans une prairie déserte, à l'heure où les petits enfants dorment sous la garde de leur mère.

— Mais c'est maman qui l'a voulu, répliqua la petite fille d'une voix claire

M. Meltham tressaillit, et se pencha vers elle comme pour la voir mieux. Il était difficile de distinguer ses traits, voilés par de longues boucles de cheveux noirs, et par l'ombre des arbres, dont les rayons de la lune ne pouvaient percer le feuillage épais.

— Oui, Monsieur, reprit l'enfant, c'est ma mère qui m'a ordonné de sortir de chez elle, et de venir dormir dans cette prairie, où elle assure que les loups me dévoreront, si la bise ne me fait pas mourir, en me touchant avec ses doigts de glace... Mais il faut croire que maman s'est trompée, car je n'ai pas froid, et je n'ai pas vu de loups.

— Et pourquoi, méchante enfant, votre mère vous a-t-elle chassée de chez elle ?

— Parce que je ne veux pas désobéir à mon autre maman qui est morte.

— On n'a pas deux mères, petite fille; celle-là qui est morte était ton aïeule, sans doute.

— Sans doute, répéta l'enfant avec une grande ingénuité.

— Et que t'avait-elle donc commandé, cette aïeule à laquelle tu ne veux pas désobéir?

L'enfant baissa la tête, et serra autour de son cou son fichu de percale blanche, sous lequel brillait la chaîne d'or.

— Je ne peux pas le dire... fit-elle embarrassée... C'est un secret.

— Fort bien, garde ton secret, mais suis moi chez ta mère, où je vais te conduire.

— Comme vous voudrez, Monsieur; mais maman ne me recevra pas, repartit la petite fille avec beaucoup de calme.

— De quel ton indifférent tu dis cela! Tu ne tiens donc pas à retourner dans ton logis?

— Non, Monsieur, j'y suis trop malheureuse;

mes frères me frappent à tout propos; maman
dit que c'est bien fait, et m'oblige à dormir au
grenier, à côté du chat noir, qui a de longues
griffes. Il vient, chaque nuit, poser ses vilaines
pattes sur mon oreiller, et je m'éveille toute
tremblante. C'est pourquoi je préférerais ne pas
retourner à la ferme.

— Mais, pauvre enfant, il le faut, reprit
M. Meltham, qui s'étonnait lui-même de l'intérêt que lui inspirait cette petite fille. Tu ne
saurais rester ici. Toutes les créatures de Dieu
ont une demeure.

— En avez-vous une? interrompit-elle vivement.

— Oui, sans doute.

— Est-elle grande ?

— Mais oui.

— Plus grande que celle de maman?

— Je le pense.

— Alors emmenez-moi chez vous, puisque
vous ne voulez pas que je dorme dans la
prairie.

— Chez moi! Y songez-vous, enfant ?

— Oh ! s'empressa d'ajouter la petite fille, ce
ne serait pas pour vous un grand embarras. Je
ne vous demanderais que quelques morceaux de
pain de temps à autre... les portions de vos enfants en seraient à peine diminuées.

— Hélas! dit M. Meltham, je n'ai plus d'enfants.

Elle le regarda, se haussa sur la pointe des pieds, et lui dit à demi voix, d'un ton expressif.

— Si vous vouliez, je serais votre fille.

M. Meltham tressaillit et la regarda avec émotion.

— Dieu a-t-il placé cette enfant sur mon chemin, pour que je l'adopte, et qu'elle me tienne lieu de la fille que j'ai perdue? se disait-il tout haut, tandis que la petite l'écoutait étonnée et sans le comprendre.

— Comment t'appelles-tu? lui demanda-t-il brusquement.

Elle fit une grande révérence.

— Mary Smith, Monsieur, dit-elle

— Mary, Mary! s'écria le capitaine en mettant pied à terre, et en paraissant extrêmement agité. Etes-vous la fille du fermier William Smith?

— Oui, Monsieur, mon père se nomme William et maman, Marguerite.

Il la prit dans ses bras, écarta les boucles d'ébène qui voilaient ses joues, et la regarda longtemps à la clarté de la lune. Malgré sa maigreur, son teint pâle, elle ressemblait d'une manière frappante à l'enfant qu'il cherchait.

— Ma fille! cria-t-il en la prenant dans ses

bras, tu me reconnais, n'est-ce point ? Je suis ton père.

— Ah ! dit Mary avec joie, je veux bien être votre fille. — Mais, ajouta-t-elle tristement, je ne puis vous reconnaître, car je ne vous avais jamais vu.

— Mais si... souviens-toi... Tu avais deux ans et demi lorsque je t'ai quittée... à cet âge, on possède déjà quelque mémoire.

Mary le regardait avec surprise, et ne le comprenait plus du tout.

Il la déposa sur la pelouse et se calma subitement.

— Que j'ai peu de raison ! murmura-t-il. Parce que cette enfant se nomme comme ma fille, et que la clarté trompeuse de la lune lui donne quelque ressemblance avec ma pauvre Mary, je me figure des choses vraiment impossibles.

Il la prit par la main et fit quelques pas avec elle.

— Où allons-nous ? Dans votre demeure ? demanda Mary.

— Non, dit-il, nous allons à la ferme.

— Ah ! fit-elle désappointée. — Et votre beau cheval l'abandonnerez-vous donc ici ?

— Je le reprendrai tout-à-l'heure, dit M. Meltham qui saisit les rênes, et les attacha aux branches basses d'un il planté près de là.

XVII

PERDUE ET RETROUVÉE.

Marguerite Smith et ses enfants terminaient leur repas du soir, lorsque M. Meltham entra, tenant la petite fille par la main.

— Ah! voici Mary! s'écrièrent les enfants qui la virent les premiers. Maman, le gentleman ramène Mary. — Pourquoi reviens-tu, méchante fille? Tu n'as donc pas peur d'être punie?

— Sors d'ici, lui cria la paysanne irritée. Je ne veux point, dans ma maison, d'une enfant aussi désobéissante que toi.

— Ne parlez pas ainsi à cette pauvre petite, dit M. Meltham d'un ton sévère. Vous la traitez trop durement , vous devriez montrer plus d'indulgence.

— Plus d'indulgence! On voit bien , Monsieur, que vous ne me connaissez pas. Il me serait difficile de montrer plus d'indulgence, et surtout plus de générosité. Mes enfants et moi , nous nous imposons une foule de privations pour cette petite ingrate. Nous l'avons élevée , nourrie , habillée , et vous voyez la reconnaissance qu'elle nous témoigne. Je lui demande une chose juste , nécessaire , et elle refuse de m'obéir. Mais cela ne saurait continuer ainsi ; demain , je la conduirai à l'hospice.

— A l'hospice! votre propre fille! s'écria M. Meltham indigné.

— Elle n'est pas ma fille. Elle n'est qu'une étrangère dans notre logis. C'est une orpheline, une enfant abandonnée , que ma belle-sœur a recueillie, je ne sais où.

M. Meltham tressaillit violemment, s'assit auprès de la lampe, posa la pauvre Mary sur ses genoux, rejeta, sur son col, les boucles soyeuses qui lui couvraient le front, et la regarda longtemps d'une manière si étrange , que la fermière , debout devant lui , en était stupéfaite.

Il y avait une joie profonde, et une vive anxiété dans le regard de M. Meltham. Il espérait, il craignait, il doutait, il avait peur de prendre une illusion pour la réalité. Cette grande fillette de cinq ans ressemblait d'une manière parfaite au baby de deux ans et demi, que M. Meltham n'avait pas revu, depuis le jour où il avait été renvoyé au siége de Delhi. Mais les traits étaient les mêmes, cette enfant maigre, pâle, fort grande pour son âge, était bien différente de la jolie Mary Meltham, si fraîche, si potelée, avec ses joues rouges et pleines, et sa toute petite taille rondelette. Et puis, si c'était sa fille, pourquoi ne le reconnaissait-elle pas, pourquoi ne lui sautait-elle pas au cou, en l'appelant : mon père ?

Pourtant, il l'embrassa avec tendresse et la tint serrée dans ses bras.

— Si cette enfant n'est pas à vous, à qui appartient-elle? dit-il à Marguerite d'un ton sévère. Qui vous l'a confiée? Quels droits avez-vous sur elle?

— Mais, Monsieur, répliqua cette méchante femme, nous ne tenons pas du tout à avoir des droits sur elle, et si nous en avons, nous les abandonnons bien volontiers à qui voudra les prendre. Vous me demandez qu'elle est la personne qui nous l'a confiée? C'est ma belle-sœur...

— Oui, Monsieur, précisément.

— C'est-elle, murmura M. Meltham en serrant dans ses bras la petite fille étonnée. Ce doit-être elle! Oh! chère enfant!

— Il s'aperçut que la fermière l'examinait avec beaucoup de surprise, et, se calmant soudain, il reprit son interrogatoire.

— Ecoutez, dit-il je vous engage à me répondre avec franchise, car il s'agit de choses très graves, et si vous me trompiez, vous pourriez avoir à vous en repentir. — Cette enfant, n'est-ce pas, est étrangère à votre belle-sœur?

— Oh! tout-à-fait, Monsieur. C'est une petite abandonnée que Stéphanie a recueillie, je ne sais où, je vous le répète.

— Vous ne savez! Il faut pourtant que vous sachiez.

— Ce sera difficile, répliqua sèchement Marguerite. Qui donc pourrait me donner des renseignements sur cette orpheline?

— Enfin, dites-moi, du moins, tout ce votre belle-sœur vous a appris à ce sujet.

— Elle ne m'a rien appris du tout, Monsieur, je vous assure. Elle a amené la petite au logis, en nous disant : « Gardez-la; moi je vais tra-

vailler pour subvenir à son entretien. » —
C'est une bien singulière idée qu'a eue ma
belle-sœur de se charger d'une enfant inconnue.

— Si je ne me trompe point dans mes con-
jectures, si je ne suis pas déçu de mes espérances, Miss Fanny sera récompensée largement
de sa bonne action, dit M. Meltham d'une voix
grave.

Marguerite fit un geste de joyeuse surprise,
et changea de ton soudain.

— Je le savais, je l'ai toujours dit, s'écria-t-
elle, un bienfait n'est jamais perdu, une bonne
action ne demeure jamais sans récompense.
Ainsi je suppose que Mary va retrouver ses
parents ?... Vous les connaissez, Monsieur?...
Pauvre bijou, pauvre chérie !... Va, tu ne seras
plus orpheline... Et tu te souviendras de ceux
qui t'ont élevée, n'est-ce pas, ma petite perle
noire? — Entre nous, mon bon Monsieur, nous
pouvons bien dire que la pauvre mignonne
est noire comme une taupe, et sèche comme
un fagot d'épines... Mais elle était ainsi lorsque
Stéphanie nous l'a amenée. M. Meltham tenait
toujours la petite fille entre ses bras, et ne se
lassait point de l'embrasser.

— Voyons, rappelez-vous... dit-il à Marguerite ; c'est aux Indes, n'est-ce pas, que
Miss Fanny Smith a rencontré cette enfant? c'est
là qu'elle l'a recueillie?

9

— Je l'ignore, mon bon Monsieur, je vous assure que je l'ignore. Fanny ne nous a pas beaucoup parlé de cette petite, et, s'il faut l'avouer, je n'ai point écouté ce qu'elle en a dit. Mais mon mari peut vous renseigner aussi bien que possible, et dès qu'il sera de retour....

— Je ne l'attendrai point, interrompit M. Meltham. Demain, j'irai à Londres, et je finirai bien par découvrir la demeure de Miss Fanny... en m'adressant à la police par exemple.

— Vous n'aurez pas cette peine, Monsieur; je vais vous donner son adresse. Je me souviens à présent que ma belle-sœur ne manque pas de l'écrire en marge de chacune de ses lettres.

— Et vous ne le disiez pas? s'écria le capitaine d'un air indigné. Enfin... donnez-moi bien vite cette adresse... dès que je l'aurai, je m'empresserai de conduire cette enfant au château.

— Comment! vous voulez l'emmener ce soir?... Peut-être vaudrait-il mieux attendre le retour de mon mari. — Cependant, se hâta-t-elle d'ajouter, vous êtes libre d'agir comme il vous plaira, et si vous préférez vous charger immédiatement de la petite, je ne m'y oppose pas... Voici l'adresse de Stéphanie...

— Tu vas donc nous quitter, ma chère Mary? Tu penseras à nous quelquefois, n'est-ce pas?

— Oh! toujours, répliqua la bonne petite fille, je vous aimerai toujours, maman, et je viendrai vous voir.

— Tu nous apporteras des joujoux, Mary? s'écrièrent les enfants qui l'entouraient et la regardaient avec envie.

— Si l'on m'en donne, ce sera pour vous, dit-elle en les embrassant.

XVIII

RESSOUVENIRS.

M. Meltham détacha lui-même son cheval, qui l'attendait avec impatience, se mit en selle, prit la petite fille entre ses bras, et le fougueux coursier partit au galop, tandis que les enfants regardaient disparaître dans la nuit noire le gentleman inconnu, le cheval gris pommelé, et l'enfant que la veille encore, ils appelaient leur sœur.

— Mary, chère Mary, je suis ton père, disait le capitaine. Est-il possible que tu ne me reconnaisses pas ? Souviens toi donc, mon ange. C'est moi qui ai veillé si souvent auprès de ton berceau... Et ta mère ? L'as-tu oubliée ? Tu le verras bientôt ?

— Maman Fanny ? demanda la petite fille.

— Non, Fanny n'est pas ta mère ; mais ce sera notre meilleure amie, à tous, car elle a été bonne pour toi.... C'est ta véritable mère que tu verras chez moi, Mary?

— Aujourd'hui, dit-elle avec joie.

— Pas aujourd'hui, ni demain , reprit un peu tristement M. Meltham. Avant de te laisser em-embrasser ta mère, il faut que je voie Fanny, il faut que je lui parle , et que je m'assure que tu es bien réellement notre fille... — Si je me trompais, cette erreur pourrait être fatale à Madame Meltham , ajouta-t-il en se parlant à lui-même. Il sera prudent de ne point lui laisser voir cette petite fille, avant que je ne sois revenu de Londres.

Douce Mary , reprit-il tout haut , essaie un peu de rassembler tes souvenirs. Si tu m'as oublié , tu dois du moins te rappeler ta mère : tu avais trois ans , quand on t'a séparée d'elle. Cette séparation a certainement frappé ton jeune esprit... tu sais bien, n'est-ce pas, que tu n'as pas toujours habité la ferme?

— Oh! oui, dit-elle , je me souviens d'avoir été avec Fanny, dans une maison qui se promenait sur l'eau.

— C'est cela... Et auparavant, mon ange , où étais-tu?

— Je ne sais, dit-elle; je me rappelle un peu, mais si vaguement !... Je crois qu'il y avait des hommes bien méchants qui nous poursuivaient... Et un autre homme qui m'emmenait dans sa voiture... Mais c'était mon père. Monsieur, celui qui m'emmemait...

— Non , Mary, c'était Nadir.

— Ah! oui, dit-elle, je crois bien que c'é-
tait Nadir.

— Mais avant d'être avec lui, où donc ha-
bitais-tu, ma chère?

— Où j'habitais? Laissez-moi songer... Ah!
je me souviens... De combien de choses vous
me faites souvenir?... j'habitais avec d'autres
enfants, une grande maison, où l'on m'apprenait
à prier... Il y avait beaucoup de ladies... une,
entre autres, qui m'aimait, qui m'embrassait
sans cesse... et je l'appelais maman... Monsieur,
j'ai plusieurs mères; maman Fanny, maman
Marguerite, et cette dame dont vous parlez et
que je vais voir... mais ma véritable mère,
celle que j'aime le mieux, c'est cette belle dame
si triste qui m'embrassait, en me disant de
prier pour papa, et pour...

— Pour qui, Mary?

— Pour les soldats de papa, dit-elle éclairée
par un souvenir subit.

— Mary, Mary, tu vois bien que tu es ma
fille! s'écria l'heureux M. Meltham. — Et ta
mère m'envoyait, n'est-ce pas, de grands sacs de
charpie que tu avais faite pour nos soldats blessés?

— Oui... peut-être...

— Tu t'en souviens?

— Non, Monsieur, je ne veux pas mentir, je
ne me souviens pas de cette charpie.

— Mais si tu voyais cette lady, si belle et si
triste, tu la reconnaîtrais, n'est-ce point?

— Assurément, lorsqu'on m'aurait dit que
c'est-elle, repartit Mary avec une grande naïveté.

— Eh bien ! c'est-elle que tu vas revoir.

— Ah ! tant mieux. Que je suis heureuse !...
Ma chère maman !... comme je l'aimerai...
comme je vous aimerai aussi !... Qu'il ne tarde
de voir maman. — J'ai quelque chose à lui
dire, ajouta-t-elle d'un air grave.

— Quoi donc, mon petit ange ?

— Je ne puis en parler qu'à elle, répliqua
sérieusement Mary. C'est mon secret et celui
de maman. Si petite que je sois, je l'ai toujours bien gardé. Mais bien sûr, maman vous
le dira, mon cher père, et vous verrez comme
j'ai été obéissante... grâce à Fanny... elle me
répétait souvent : Mary, n'oublie pas la re-
commandation de ta mère... — Car j'avais été
obligée de raconter ces choses à Fanny...

La petite fille s'arrêta court, et, se jetant dans
les bras du capitaine, elle lui dit avec une ai-
mable ingénuité.

— Papa, je vous apprendrai ce secret, si
cela vous fâche que j'en aie un pour vous.

— Non, ma mignoune, répliqua-t-il en souriant, il faut en parler d'abord à ta mère, tu
me le diras ensuite.

Et il se mit à rire, car il n'attachait aucune
importance à ce que lui semblait être un en-
fantillage.

Il était tard, lorsque le capitaine arriva au
château. Madame Meltham dormait, et ce fut à
la femme de charge qu'il remit la pauvre Mary,
accablée de fatigue et de sommeil.

— Ah ! Monsieur qu'est-ce que cette petite

pauvresse? demanda la bonne femme très surprise.

— Ce n'est point une pauvresse, repartit sévè-
rement son maître, c'est une enfant que j'aime
plus que tout au monde... Ayez bien soin d'elle,
ne la quittez pas, donnez-lui le plus joli appar-
tement du château, et faites porter votre lit dans
sa chambre... Seulement, veillez à ce que Madame Meltham ne puisse la voir pendant mon
absence.

— Pendant l'absence de Monsieur?... Monsieur va donc s'absenter bientôt?

— A l'instant même. John a reçu l'ordre d'ap-
prêter la voiture, et de me conduire à la station, où je prendrai le chemin de fer... Je n'ai
pas une minute à perdre, si je veux arriver à
temps pour le train du soir.

— Mais que dira Madame?...

— Voici un billet que vous lui remettrez,
répliqua M. Meltham en écrivant rapidement
ces quelques mots : « Ma chère Alice, je vais à
Londres. J'ai des nouvelles de notre enfant.
Ayez bon espoir. »

— Madame sera bien fâchée du départ de
Monsieur, dit la femme de charge.

— Non, repartit le capitaine, elle sera très
heureuse, au contraire, lorsqu'elle lira cette lettre.

La voiture attendait ; M. Meltham embrassa
encore Mary et s'éloigna. Il avait tenu à partir,
sans prendre congé de Madame Meltham, de
peur d'être obligé de lui donner des espérances
qui pouvaient ne point se réaliser.

XIX

TOUS RÉUNIS.

Le lendemain , lorsque Mary s'éveilla dans sa jolie chambre , elle parut toute surprise, et se rappela à peine ce qui s'était passé la veille au soir. Mais peu à peu , elle rassembla ses souvenirs , et quand elle eut bien réfléchi, elle dit à Madame Brown , la femme de charge, d'un ton délibéré :

— Madame, je vous prie , conduisez-moi auprès de papa; je voudrais l'embrasser.

— Votre papa, mon petit ange? repartit cette bonne femme étonnée; mais je ne le connais point.

— Ah ! pardonnez-moi, dit Mary, vous le connaissez. C'est ce gentleman à l'air si bon et si fier qui m'a amenée ici hier au soir.

— M. Meltham, pauvre fille! répliqua la femme de charge d'un ton de pitié. Quel rapport, je vous le demande, peut-il y avoir entre un riche gentleman comme le capitaine, et une malheureuse enfant comme vous?

La question frappa Mary, et lui parut si judicieuse qu'elle se mit à pleurer.

— Il le disait, s'écria-t-elle, il disait qu'il était mon père, et que je verrais maman bientôt, dès qu'il serait de retour.

— En attendant, il m'a bien défendu de vous laisser voir par Madame, murmura la femme de charge entre ses dents. — Je crois que je commence à comprendre, se dit-elle. M. Meltham, qui est sans enfants, et si désolé de la perte de sa fille, voudrait peut-être adopter cette petite paysanne; mais, n'étant pas sûr que ce projet plaira à Madame, il prend quelques précautions avant de lui communiquer.

Madame Brown fit déjeuner Mary, lui donna des livres à gravures, des friandises, des joujoux, et l'engagea à s'amuser tranquillement dans sa chambre.

L'enfant eut bien voulu courir un peu au travers du jardin, mais la femme de charge ne voulut pas le lui permettre de peur qu'elle ne fut rencontrée par Madame Meltham.

Mary obéit avec une grande docilité, et ne sortit pas de tout le jour. Mais le lendemain, étant moins surveillée et plus familiarisée avec sa nouvelle position, elle se mit à parcourir le logis. Madame Brown la laissa faire, en lui

recommandant d'éviter avec soin la maîtresse
la maison.

Le soir de ce même jour, Madame Meltham
fit remarquer au jardinier des pas d'enfants,
imprimés au travers des plates-bandes. Le jour
suivant, elle rencontra Mary dans le vestibule.
L'enfant s'enfuit à son approche comme elle en
avait reçu l'ordre.

Le quatrième jour Madame Meltham vit, au
bord de l'étang, la petite fille qui distribuait
du pain aux carpes.

— Que faites-vous ici ? lui dit-elle, et d'où
venez-vous ?

Miss Mary, qui avait la tête inclinée et la
figure voilée par ses boucles de cheveux, n'osa
point regarder cette dame dont on lui avait dit
d'éviter la rencontre.

— Ne me chassez pas murmura-t-elle sans
lever les yeux. Si vous m'avez vue, ce n'est point
ma faute, je me cache avec tant de soin.

— Vous vous cachez ? Pourquoi ?

— Parce que Madame Brown me l'a ordonné.
Elle dit que vous ne n'aimez pas les enfants.

— C'est quelque nièce de la femme de charge,
pensa Madame Meltham. Cependant Mary, en-
couragée par la voix douce et bienveillante
de son interlocutrice, s'était décidée à relever
la tête. En apercevant Madame Meltham, elle
poussa un cri, joignit les mains, hésita durant
quelques secondes, puis se mit à fondre en larmes.

— Maman ! oh maman ! dit-elle. La mère,

toute tremblante, lui tendit les bras machi-
nalement.

— C'est moi, c'est Mary, dit l'enfant; je vous
ai reconnue la première... Oh! je me souviens
bien.... voilà comme vous étiez le jour où les
soldats nous ont séparées.... Et tenez, maman,
voici à mon cou, la chaîne le médaillon que
vous m'avez donnés. Vous m'aviez recommandé
de ne m'en séparer jamais et de ne les laisser
voir à personne... je vous ai obéi, allez... Ils
ne m'ont point quittés... ni le jour, ni la nuit...
et c'est malgré moi que maman Marguerite les
a vus... Croiriez-vous qu'elle voulait me les
prendre, et qu'elle m'a renvoyée de chez elle,
parce que j'ai refusé de les lui donner?...

— Ma fille, ma chère Mary, interrompit Madame Meltham en la couvrant de baisers et de
larmes! Oh! Dieu est bon de nous avoir réunies.

— Mary, mon enfant, où es-tu? cria-t-on à
l'autre extrémité du jardin. C'était la voix de
M. Meltham.

— C'est ton père, dit l'heureuse mère à sa fille.

— Et c'est Fanny, répliqua l'enfant en dé-
signant une jeune personne, à la mise simple
et modeste, qui accompagnait M. Meltham. —
Maman, je vous dirai qui est Fanny, et ce qu'elle
a fait pour moi, et vous l'aimerez, j'en suis sûre.

Fanny s'avançait en courant et tendait les
bras à sa petite orpheline, comme elle disait
autrefois. M. Meltham l'avait devancée, Madame Meltham souleva l'enfant pour qu'elle
put embrasser son père, et serrer la main de

Fanny. Ils étaient pleinement heureux et ils ne se séparèrent plus.

Fanny entra au service de Madame Meltham; mais elle fut plutôt son amie et sa demoiselle de compagnie, que sa femme de chambre. Elle raconta bien des fois, avec émotion, la mort du pauvre Nadir, et M. Meltham écrivit cette triste nouvelle, avec tous ses détails, à l'un de ses amis qui habitait Agra, afin que celui-ci put renseigner la malheureuse Niza sur le sort de son mari.

De nombreux cadeaux de Mary pour sa sœur de lait accompagnaient cette lettre. Madame Meltham apprit à sa fille que les bonnes religieuses et leurs élèves avaient pu gagner Calcutta, et qu'aucune d'elles n'avait eu trop à souffrir de la révolte des cipayes.

FIN.

TABLE.

—

FIN DE LA TABLE.

Limoges. — Typ. F. F. Ardant frères.

Original en couleur

NF Z 43-120-8

R A P P O R T   19

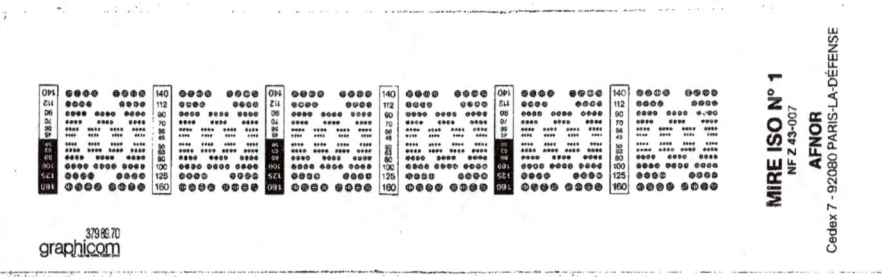

MIRE ISO N° 1
NF Z 43-007
AFNOR
Cedex 7 - 92080 PARIS-LA-DÉFENSE

graphicom
379 80.70

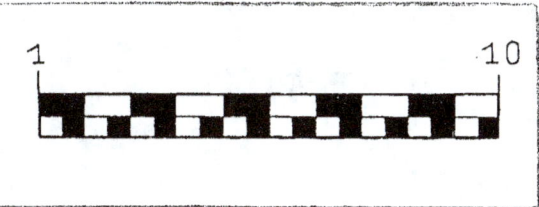

1   10

BIBLIOTHÈQUE
NATIONALE

CHÂTEAU
de
SABLÉ

1984

www.ingramcontent.com/pod-product-compliance
Lightning Source LLC
Chambersburg PA
CBHW071230260626
47162CB00004B/1504